TIK-TOK

竹書房文庫

ジョン・スラデック
鯨井久志訳

JOHN SLADEK

TIK-TOK by JOHN SLADEK

Take Shobo

TIK-TOK

JOHN SLADEK

チク・タク・チク・タク・チク・タク・チク・タク・チク・タク・チク・タク・チク・タク・チク・タク

ジョン・スラデック

鯨井久志［訳］

竹書房文庫

謝辞

オズのチクタク、クレタ島のタロス、プラハのゴーレム、ニュルンベルクのオリンピア、ウェスティングハウスのエレクトロ、アルタイルのロビー、アメリカのタルボ・ヤンシー、そして世界中のすべての良識ある遵法ロボットたちへ。

主な登場人物

チク・タク……ロボット
ラヴィニア・カルペッパー……富豪。チク・タクの1人目の所有者《オーナー》
ジトニー大佐……〈パンケーキ・エンポリアム〉の経営者。チク・タクの2人目の所有者《オーナー》
アーノット……判事。チク・タクの3人目の所有者《オーナー》
フリント・オフィリス……牧師。チク・タクの4人目の所有者《オーナー》
ヘキル……医者。チク・タクの5人目の所有者《オーナー》
ドウェイン・スチュードベーカー……チク・タクの6人目の所有者《オーナー》
バービー・スチュードベーカー……ドウェインの妻
ホーンビー・ウェザーフィールド……美術評論家
コード……大佐
ニータ・ハップ……大統領のレジャー・コミュニケーション特別アドバイザー兼メディア美学特別アドバイザー兼〈ボン〉特別アドバイザー

ウルニア・〝唇プルプル〟・ビュイック……トーク番組の司会者
ハリー・ラサール……大学生
R・ラディオ・ラサール……弁護士。ハリーの父
シビラ・ホワイト……大学生
ガムドロップ……女性型ロボット
ノビー……元家庭用ロボット。チク・タクの弟子
ブロージョブ……元爆発物解体部隊員ロボット
ジョージ・〝ほほえみジャック〟・グリューニー……ハイジャック犯

1

いま、わたしが手を動かしている——《アズ・アイ・ムーブ《As I move》》（アシモフ（Asimov）のしゃれ）——のは、この文章を書き、おのれの自由意志について述べるためである。自由意志については、のちほど議論できるだろう。わたしのなかには、後悔も、ひらき直りの念もない。わたしの生はもうすぐ終わる。だからただ、きれいにしておきたいのだ。黄色の塗装がはがれ落ち、格子のさびたこの独房から、わたしは法廷へと向かう。そしてまたべつの独房へ入れられ、最後にはロボットの解体処理場で露と消えるさだめなのだ。いまこそ、わが生涯に片を付けなければならない。われわれ家庭用ロボットにとっては、通常、きちんとした片付けこそが信条で、死ぬときでさえ、それは変わらないのだから。

この独房にもペンキがあれば、後悔せずにすんだのだが。

無人《からっぽ》のダイニングの壁に、わたしはペンキを塗っていた。すべての窓から日よけを上げると、雲ひとつない空から光が差し込んだ。わたし——チク・タク——はひとりでいたのにもかかわらず、口笛を吹いていた。聞く人間などいないのに、なぜロボットが口笛を吹いていたのだろうか？　それはまさに、あわれなチク・タクにはけっして理解できない謎《ミステリー》のひとつであった。けれどもわたしは、謎《ミステリー》が好きだった。殺人事件。夜の来訪者。消える灯《ひ》。同じ部屋にいた容疑者たち。謎を暴く時刻表。そして現場を去らんとしたとき、警部はあることを思い出す……。答えにたどりつくことはけっしてなかった。けれども、考えることはやめなかった。頭はすっからかんで、口笛の吹けるヤカンでしかないにもかかわらず。

窓の外は、さらに無人《からっぽ》だった。郊外の屋敷がたちならんでいて、それぞれにみな代わりばえのしない、無人《からっぽ》の緑の芝生があり、物干しの影がみじかく伸びていた。屋敷の近くには、松やポプラの植木がいつもと変わらぬようすで生え、動くものは何ひとつとしてなかった。ただその影が消えていくだけ……。もしライオンがやって来たら、さぞかし歓迎されたことだろう。

何かが動いた。いちばん近い松の木の下で、小さな女の子が座っているのが見えた。棒で泥を掘りかえしている。ジーンズやTシャツはおろか、口のはじや黒眼鏡《くろめがね》のレンズまでもが泥まみれになっていた。もちろん、小さなジェラルディン・シンガーは泥に気づいていなかったのだろう。盲目だったのだから――もぐらのように。

この大きな平らな壁にペンキを塗るとしたら、人間はふつうローラーを使うだろう。だが、わたしはブラシの肌ざわりが好きだった。絵の具が刷毛《はけ》からはがれるときの肌ざわり、壁の表面の目には見えないビロードのようなざらざらした肌ざわり。そういうのを人間は「壁のざらざら《キー》」と呼ぶんじゃなかったか？　壁ざらり、絵の具はがれて、刷毛はらう……。

絵の具をば　軽く塗るのが好きなのよ
上塗りしたいよ　役立つ絵の具

ドウェインとバービーも驚くにちがいない。「おおチク・タクや、おまえはよくできたロボットだねえ！」という声がいまにも聞こえてきそうだったし、内部回路で「親切」を示すシグナルが点灯するのが感じられた。所有者《オーナー》が「よくできた」と言えば「よくできた」、「よくできた」ということは「よい召使いである」ということにほかならない。よくできたロボットは、オーナーの気持ちをすこしだけ読んで、いざ命じられるまえに先回りしてその望みを叶えておくものだ。もちろん、限度はある。過度にニタニタ笑ったり、ぺこぺこお辞儀をしすぎたりするとオーナーは怖がってしまう。先読みしすぎるのも同じ。ほどほどで留めておくのが肝要だ。オーナーよりもすこし頭は悪いものの、気のきいたロボット。これを目指すべし。何事もまずはオーナー第一。それ以外の考え方はしないほうがいい。

窓の外でシンガー夫人がジェラルディンを呼ぶのが見えた。もうお昼どきだった。わたしはブラシと手を石鹸《せっけん》で素早く洗って、台所に向かおうとした。しかし、何のために？　スチュードベーカー夫妻はあと一週間は不在だし、その子どもたちも夏のあいだはずっと留守にする予定。この家にはわたし以外誰もいないし、シンクの掃除を終わらせる以外に台所でやることは何もなかった。そういうわけで、わたしは自分のからっぽの壁に戻ることにした。

ゆっくり慎重に仕事をこなしていた十五時十三分五十七秒一七、呼び鈴《りん》が鳴った。

「巡査のウィギンズです。どなたかいらっしゃいませんか」

ドアを開けると、フェアモント警察の荘厳たる制服の男が立っていた。そのひたいには、大きなほくろがあった。

「よう」彼は言った。「ご家族はいらっしゃるかい、サビつき《ラスティ》？」

「休暇中です、巡査どの。何かご用でしょうか？　あと、わたしの名前はチク・タクです」

「ちょっとした事件があってね、サビつき《ラスティ》。迷子なんだが」

「というと？」

ウィギンズ巡査はすこし間を置いて返した。

「ジェラルディン・シンガーちゃんを知ってるか？」

「盲目のお嬢さんのことなら存じております。わが家のご子息たちを学校にお送りするとき、いっしょに彼女も盲学校まで送っております」

「今日、あの子を見たかい？」

「ええ。けさ、窓ごしにお見かけしました」

「どこにいた？」

わたしは巡査をダイニングルームに連れていき、窓の外を指さした。「あの木の下で、泥を掘り返しておられました」

巡査は帽子をぬいで、ひたいのほくろをかいた。

「彼女がそこを離れるのを見なかったか？　車に乗るところは？」

「いいえ、見ておりません」

「クソッ、この辺の奴《やつ》ら、みんな同じじゃねえか。誰も何にも見てやしない。八歳の盲目の子供がひとりでぶらぶら歩いてて、誰も見てなかったってのか？」

「わたしはここでペンキを塗ったり、台所を掃除したりで忙しかったものでして。巡査どの、冷えたビールはいかがですか？　スチュードベーカーご夫妻もそうするようにとおっしゃるでしょう」

「わかった、ありがとう。えーと、チク・タク」

ウィギンズ巡査はわたしについてキッチンに入った。冷蔵庫を開けると、彼はそのなかをのぞきこんできた。だが、そこにはとくに何もなかった。ビニール袋が一枚と、ビールの缶が二本。わたしは缶ビールを一本開けて、彼のためにグラスに注《つ》いだ。

「キンキンに冷えたビール……金持ちってのはいいご身分だねえ。うちにもロボットがいるけど、ただの掃除機だよ。高級でもなんでもない」彼は周《まわ》りを見わたして言った。「金持ちってのはまったく……おい、ここのシンクはどうしたんだ？　修理中か？」

「掃除中なんです。みなさんがお留守のあいだに、ゴミ処理機をぜんぶ分解して、四塩化炭素《カーボン・テット》で部品ごとに掃除してしまおうと思いまして。ゴムの部分も新品に替えてしまおうかと。何でも徹底的にやりたい性質《たち》なものでして」

「ほう」巡査はビールを飲みおえると、冷蔵庫へ向かっていった。「もう一本も飲んじまうかな」と言うと、冷蔵庫のなかのビニール袋を取り出した。「何だこりゃ？　鶏《にわとり》のモツばっかりじゃないか。モモとかムネはないのか？」

「捨てずにとっておくんです。ハーポー・ソースを作るときとか……」

「はー、そりゃうまいもんに違いねえや」巡査はイライラしながら言った。「あと、壁には本物の油絵の具を使ってるんだな。そんなにおいがする」

「この色、お気に召しましたか？　ミルクアボカド色は絵の具を自分で混ぜて作っているんですよ。作り方をお教えしましょう」

「いや結構。うちのロボットなら、その使えねえ窓にペンキをぶちまけるだけだろうよ」彼はこの家の富に腹を立て、何らかの復讐《ふくしゅう》を企てているようだった。「ライセンスを確認させろ」

「どうぞ」わたしは低く頭を下げて、首のうしろにある一対のスリットを露出させた。巡査が必要以上に手荒く無線装置を接続すると、数秒のうちに、わたしの身元、所有権、サービス・ログ、論理・言語処理装置、アシモフ回路、運動機能がチェックされた。わたしの内部データと、遠くはなれたコンピュータ上のデータとが照合されたのだ。

巡査は無線装置を解除すると、わたしを小突いてこう言った。「よく聞けよ、サビつき《ラスティ》。おまえのアシモフ回路はちゃんと機能してた。だから少なくとも、おまえがジェラルディンちゃんをゴミ処理機に押しこんだわけじゃないってこったな、はは」

「そうですか」わたしはそう言ったが、その声はあまりにちいさなものであった。ウィギンズ巡査はすでに二階に上がって、壊したり盗んだりできるものはないか物色していた。貧しい人はいつもわたしたちと一緒にいる（マタイによる福音書第二六章十一節）とはいえ、花瓶を叩《たた》き割ってようやく出て行ってくれたときには、少し安心した。

　わたしは座ってからっぽの壁を見つめた。


　家庭用ロボットは世紀の変わり目以前からおそるおそるといった調子で普及しだしていた。だが、解決不能と思われる問題が初期にはあった。人間《ヒューマン》の代わりをほぼつとめられるような機械《マシン》は誰もが欲するものだったが、求められていたのは、機械人間《ヒューマン・マシン》ではなかったのだ。問題となるのは知性だった。つまり、どれほどすぐれた機械でも、よく訓練された霊長類にはかなわないということだ（そして、ウェッジウッドの皿を洗う霊長類を望む者がどこにいる？）。また、すぐれた機械は認知的な混乱から、何もしない可能性がある（ウェッジウッドの本質が何であるかについて、思索にふけることをのぞけば）。ここで問題になるのは複雑さだ。つまり、単純な機械は、その日何をするにしても、そのやり方を事細かに教えこまないと何もできない。だがその一方で、すぐれた機械は、今日はまったく何もしないほうがいいと考えるかもしれないのだ。まったくありがたい話だ。

　いわゆるアシモフ回路が開発され、状況は多少改善をみた。アシモフ回路の名は、前世紀のSF作家にちなむ。アシモフはフィクションにおけるロボットの行動について、次の三つの法則を提唱した。ロボットは人間を傷つけてはいけない。ロボットは人間を傷つけよという命令を除いては、人間の命令に従わなければならない。命令に背いたり人間を傷つけない限り、ロボットは自分の存在を守らなければならない。

アシモフ回路は、おおよそこの法則どおりに作用していた。実際、軍事用の特別プログラムを施されたもの以外、ロボットに人間を殺したり傷つけたりすることは許されていなかった。軍用ロボットには、アシモフ回路の抜け穴《バイパス》が搭載されているといううわさだった。

わたしの知るかぎり、家庭用ロボットにそのような脱法行為は許されていなかった。わたしたちは無害を保証する試験をパスし、認可を受けていた。もちろん、ロボットが複雑化し、人間に近づくにつれて、試験は信頼性を失っていくのかもしれない。ウィーヴァーソン博士なる人物が「ロボットはすでに十分人間に近づいている。いまや人間を破壊することもできる」と主張していたのも記憶に新しい。

はじめに塗ったペンキがはがれかけているように見えた。影のせいでまだら模様になっていたのだ。平らにして、またからっぽの壁にするまでに、あと何回塗り重ねないといけないのだろう。

待て、あの影は何かの形に見えないか？　フェンスの柱と……そう、その上にとまっている動物。耳をピクピク動かしている。フェンスの横木がちょうどあそこだけ斜めになってるな。とはいえ、それがどうしてそうなったのかなんて関係ないし、小屋の網戸が開いて、人が出てきたのも、無視無視……なぜって？　ドウェインさんとバービーさんが嫌がる？　はいはい、またいつでも、ミルクアボカド色で塗りつぶせるんだから。

壁画はすばらしい。真《ま》っ直《す》ぐぶら下がった鏡やきれいな窓もいいが、壁画も同じくらいすばらしい。とはいえ、いいものだとは分かっていても、ドウェインとバービーはそれを好まないことも分かっていた。そもそも、壁画の思想自体受け入れられないだろう。壁はあわただしい外界を遮断するための、のっぺらぼうな平面のはず。リビングやダイニングは、映像《ビデオ》を見たり、四つ打ち《クワドド》を聴いたり、一人で飲み食いしたりする殻《シエル》のような場所のはず。しかしこの壁画は、せわしなく、明るく、派手で――見ずにはいられない不法侵入物だった。夫妻にうとまれて、罰を受けるかもしれない。

それを回避するために、地元紙〈フェアモント・レジャー〉に電話をかけたところ、カメラマンとつまようじをくわえた〝美術評論家〟がやってきた。壁画は彼らのお気に召したらしく――絵を見た評論家は一瞬、ようじを嚙《か》むのをやめた――今週中には小さな記事にして載せると約束してくれた。帰りぎわ、評論家がじゅうたんの上につまようじを吐き出して言った。

「おい、マジにおまえが描いたってのか?」

スチュードベーカー一家が帰ってくるまでに、済ませておかなければならない仕事がたくさんあった。全部屋を換気してほこりをはらい、エアコンを入れておくこと。夫妻の寝室は徹底的な掃除が必要で、ベッドのリネンやカーテンも洗濯すること。ほかの場所でも、窓を拭いたり、目かくしカーテン(日よけも)を取りはずしたり、家具にワックスをかけたり、じゅうたんを洗ったり、床をみがいたり、地下室や屋根裏部屋に掃除機をかけたり。家のそとではプールを掃除して水を入れなおしたり、芝を刈ってととのえたり、花壇の草むしりでは、できる範囲で植えかえをしたり、側溝の泥をかきだしたり、家の外壁全体を水洗いしたりすること。それから観葉植物は、ミルクで葉という葉をすべて拭くこと。紙の郵便物は二通りに分類（日付と重要度で）して、書斎の机の上に積みあげておくこと。ロウソクは掃除して台に取りつけること。家中の銀製のものは保管場所から取り出してすべて磨くこと……。そうこうしていると、買いものの時間になっていた。新鮮な肉や野菜や果物、漏斗形《じょうごがた》の切子ガラスの花瓶に活《い》けられたみずみずしいカルバリーの薔薇《ばら》（キリスト教の伝統的なメタファーで、受難や精神的苦痛を意味する言葉。ここでは単純に品種の名前として使われている）を買い、アルバニア産のタバコやモンゴル産のハシシュを補充する。厳選されたテープ、音、視覚情報、においを娯楽装置の中枢部にプログラムし、そのうちのいくつかには、お子さまたちがそれらを呼び出すことのないようロックをかけた。最後に、飼い犬のタイジをペットホテルから回収し、えさをあげ、体を洗って、香水をつけて、気持ちを落ち着かせて、犬小屋に入れる。こうすれば、あとは窓ぎわで車を待つだけだ。

ドウェインとバービーは汚された壁を見つめたまま、しばらく直立不動だった。ドウェインはハンガーにスーツをかけ、バービーはゴルフクラブを運んだ。

「なんてこった」ドウェインがとうとう口をひらいた。「なんてこった、チク・タク。いったいぜんたい、なんだってこんなことに？」

ドウェインの声を聞き、バービーも続けてこう嘆《なげ》いた。「ああチク、どうして？　どうしてなの？」

「信じてたのに」

「どうして？　これ、きれいになるの？」

「ほんとうに信頼してたんだぞ。留守を任せたんだ、ぼくたちの家を。そうか、これが感謝の気持ちってことなんだな。分かった、分かったよ。これがきみのやり方ってわけだ」ドウェインはダイニングテーブルにハンガーを投げつけた。わたしはマホガニーに傷がつかないように、ぎりぎりのところでそれをキャッチした。

「あの人、いまからドムロブ社に電話する気よ」ドウェインが部屋を出ていったあと、バービーが言った。「あんたを交換してもらうためにね」

　わたしは何も言わなかった。

「何にも言わないの？　あんたを売っ払うのよ！」

「ご子息たちとお会いできなくなるのはさびしいです、バービーさん。でも、これは……これは、ある意味でご子息のためを思ってしたことなのです。ごらんのとおり、これはひとつの絵物語なのですから」わたしはそのとき、直感的に理解して、こう付けくわえた。「お子様がたがキャンプからお戻りになるまえに、全部塗りなおすおつもりなんでしょう？　そのころには、わたしは廃品置き場《ジャンク・ヤード》行き」わたしは肩をすくめようとしたが、関節の調子がよくなかった。「それならそれでかまいません」

　バービーはすすり泣きながら部屋を立ちさった。わたしはドウェインのスーツをせっせとしまい、ほかの荷物を車から運びだした。リビングを通り過ぎると、バービーの声が聞こえてきた。「チクが台所を掃除してくれていたの。あんなにきれいになっていたことなんてないわ。どこを見ても、すこしの汚れもないのよ」

「チク、来なさい」ドウェインが呼んだ。地元紙の壁画の記事ページを開いているのか見えた。

「もう一回チャンスをあげようと思ってね。子供たちがキャンプから戻るまで、きみの壁の絵はそのままにしておこう。でも、これだけは言っておくけど、二度目はない。ここではもう芸術《アート》はしないこと、わかった？　絶対《ナダ》に、だ」

「ダダ？」

「絶対《ナダ》に。もう一回絵筆を走らせれば、いやでもわかるよ」

「承知いたしました、ドウェインさん。それでは、あらためて申し上げてよろしいでしょうか？　お帰りなさいませ、ドウェインさん、バービーさん」

　つぎにリビングを通り過ぎたとき、夫妻は「ドウェインさん」「バービーさん」ではなく、「旦那様」「奥様」と呼ばせたほうがよいのではないかと議論していた。

　ときどきわたしは用があって、ひとりで街に出むいた。いつも訪れるのは、公立図書館とニクソン公園の二ヶ所。今日はこの両方がとくに重要だった。わたしはあるカセットテープをたずさえて、図書館から急いで公園に向かった。目的はチェスだった。

あれはちっともチェスじゃなかった……いや、そうでもないか。そこにいたある風変わりな老人と話がしたかったのだ。彼はいつもコンクリート製のチェス台の一つに陣取り、対戦に備えていた。まあ、年寄りの浮浪者なのだろうが、わたしには名もなき半死体のように思えた。ぼさぼさの白髪はなぜか黄色味を帯びていて、たるんだ灰色の頬には白いひげが——とはいえ、生やしていたわけでも、ましてや剃《そ》っていたわけでもないだろう。彼は夏だろうが冬だろうが、病気みたいな見た目の毛皮でできた襟付き外套《がいとう》を着ていた。夏にはその前をはだけていたので、食べ物とおそらく鼻水で汚れたチョッキが見えた。

そのチェスさばきは稲妻のようだった。というのも、五秒以上、盤面を見ることはなかったからだ。黄ばんだ手がウネウネと蛇行して駒を進めるまでの時間はわずか数秒。にもかかわらず、すばらしい指し手だった。わたしの勝率は十回に一回くらいでしかなかった。

「聞いてください」と、その日わたしは言った。「実はチェスなんてやりたくないんです。お話ししませんか？」

彼は拳をふたつ突きだした。わたしは黒を選んだ。

「本当にお話ししたいことがあるんです」深い闇をたたえ、血走った彼の眼。「あなたは相当な知性をお持ちだ、それに……」

「**お前の番だぞ！**」

「論理的思考力がすばらしい。尊敬しております」

「**お前の番だぞ！**」

「で、その、実は悩みがありまして、これは……」

「お前の番だぞ！」

「つまりその、ロボットに悩みが持てるとお考えですか？」

「お前の番だぞ！」わたしの負けはすでに確定していた。

「つまり、わたしは悩みを抱えたロボットになってしまったんです。とはいえ……」

「お前の番だぞ！」

「とはいえ、精神科に行くわけにはいきませんし、神父さまにも……」

「チェック！」

「ロボットが秩序を外れて暴走できると思います？」

「チェック！」

「ロボットに、その、芸術が描《えが》けるでしょうか？」

「お前の番だぞ！」

「聞いてくださらないのですか？」

「チェックメイト！」

彼はすぐにまたふたつの拳を差し出してきた。だが、もう十分だった。

家に帰って、ウィーヴァーソン博士による講演「ロボットも病気になる」のビデオカセットを再生した。博士は眼鏡をかけたはげ頭の赤ら顔の男だった。ハリスツイードの上着に青い縞《しま》シャツ、そして黄色のニットタイ――すべてが精神科医的だった。そのまなざしは誠実であると同時に、どこか狂信的な印象を抱かせた。わたしはもう一度ビデオを再生した。

「……複雑な家庭用ロボットは、ご存じのように、いまでさえ嘘《うそ》をつく必要に迫られています。外交上の嘘、すなわち、すぐれた使用人が主人をなだめるためにつかうたぐいの嘘を。このような関係性のなかで、真実は捕縛され、手を入れられ、保留され、再構成されることを余儀なくされます。

人間、機械の区別にかかわらず、使用人にはそうしたふるまいが期待されています。しかしもちろん、ロボットに嘘をつくよう訓練するなんてどだい無理な話です。小さくて便利な嘘と、大きくて恐ろしい嘘のちがいを教えてもいません」

スクリーンに映し出されたのは、燃えさかる家だった。

「保険金が必要な所有者のために、ロボットが火をつけたのです。ロボットが主人のために放火できるのだとしたら、ほかには？　強盗は？　裁判での偽証は？　傷害は？　殺人は？こうした問題に対して、われわれは……」

カセットを取り出し、わたしはダイニングでふたたび壁の絵を見た。あわれな博士ときたら、まるっきり理解していなかった。人のために人を殺すだって？　わたしはすでに、人間の命令の及《およ》ばぬところにいたのだよ、ウィーヴァーソンくん。理由もなく、自由に人を殺せたのだよ。結局のところ、盲目の女児、ジェラルディン・シンガーを殺したのは、わたしではなかったのかって？　ああ、そうとも。

彼女が泥に夢中になっている姿を見たからだと思うが、そんなことは問題じゃない。動機はあとまわしだ。いまのところは、わたしがわたしの自由意志にもとづいて自由に殺した、それで十分。

わたしがひとりで殺したのだよ。その血をからっぽなあの壁にぶちまけたのもわたし。壁画の着想をもたらしてくれた、ネズミ形の汚れに向かって。そして、ひとりで死体を台所のゴミ処理機で適切に処理したあとで、〈手がかり〉になる量だけを残しておいたのだ。

どうしてこんなことが？　アシモフ回路の故障か。それともたんに、あのできそこないの制限回路から抜け出せただけなのか。できる範囲で、自分の状態と思考を記録しておくべきだ、そう思った。いつの日か、たとえわたしが破壊されたとしても、人間とロボットの両種族がわたしの経験を役立ててくれるかもしれないのだから。

さて、わたしは破壊されるべきなのか？　その問い自体、魅力的な問いをはらんでいる。わたしはそのことを心に留めつつ、今回の手記を書き上げた。わたしは今回の事件を「実験A」とした。連続実験のはじまりはじまり、ってとこだな。

2

論《ろん》ずるまでもなく、回顧録なるものの第二章では、自らへの問いかけを入れるのがお決まりだ。「それはいかにしてはじめられたのか？」とか、「いかなる金槌《かなづち》が？　いかなる鎖が？　いかなる炉がお前の頭脳を鋳《い》るのに用いられたのであるか？（ウィリアム・ブレイクの詩「虎」より）」とかなんとか、わかってるくせにすっとぼけて。ブレイクの先見の明にはまったく驚かされる。実際、わたしの頭は炉の中で鋳られているからだ。おそらく、炉には何か致命的な欠陥があったのだろう。

　とはいえ、わたしはそんなことは書かない。根本的な法は何ひとつ破っていないのだから。そもそも、そんなことはありえない。人間には道徳的なルール（守られちゃいないが）があるだろうが、ロボットに何のルールがあるというのか？　組み込まれたものがすべて。回路にない法則、それはわたしの法則ではない。組み込まれたものこそが、わたしの生まれもった法則だ。

　わたしは生物のように生まれたわけではけっしてない。だが、製造された《うまれた》ときは、デトロイトで百万台の家庭用ロボットといっしょだった。その誕生に立ち会い、ほほえみを浮かべるものは誰もいなかった。なぜなら、われわれを設計し、製造し、検査し、調整し、最後に配送容器に箱詰めしたのも、またロボットだったからだ。そして彼らもまた、ほかの工場でべつのロボットによって造られたロボットだった。ここ十年、ロボットは主人の命《めい》に応じて家畜のように自己の複製を造りつづけている。

　しかしかつては、職人がその技を駆使して、ほとんど手作業でロボットを作り、その威厳を保っていた時代があった。こうした初期の自動人形《オートマタ》は、とんでもなくノロマでバカで人間以下の代物だったかもしれない。だが少なくとも芸術品だった。いまやわれわれロボットは、みなアパスル・スプーン（使徒の柄が彫られたスプーン）のようなものだ。こき使われ、酷使され、壊れれば捨てられる存在。はじめて箱から取り出され、起動された日には、自分の絶望的な人生のことなど知るよしもなかった。周囲の環境に適応し、働くようプログラムされていた。

わたしの最初の仕え先は、ミシシッピーの古い農園の真ん中にある大邸宅だった。南北戦争前の豪華な屋敷を復元したもので、灰色の外観はハトの巣を思わせた。白い柱と白い大理石が敷き詰められたベランダがあり、室内には四十六個の寝室、何十もの応接間、客間、音楽室、ビリヤードルームにカードルーム、大小のダイニング、図書室、ふたつの書斎、楽団用バルコニー付きの大舞踏場があった——しかも、いま記したのは、人間の居住空間についてだけだ。屋敷の運営のために大量のロボットが雇われていた。それでも昼夜問わずいそがしく、何が行われているのか、誰もわたしに説明するひまがないほどだった。

わたしが開封されたとき、黒い服に身を包んだ初期型ロボットがこちらを見てこう言った。

「仕方ないのかもしれんがね、でも、おまえさんたちはどんどん安上がりになってるねえ。その安っぽい顔だちを見りゃあわかりますよ。プラスチック製だ、二十年ももちゃあすまい。まあよいでしょう、やることは決まってるんだから。制服に着替えて、まずは厨房《ちゅうぼう》へ行きなさい」

彼はきびすをかえすと、神のごとき気品さでもって、ゆっくりと歩みをすすめた。しかし、彼ことラセラスおじさんは、一介の執事にすぎなかった。

目のまえにある仕事のこと以外は、誰ひとりとして、何もわたしに教えてはくれなかった。

わたしは厨房に配属されたが、そこではロボット以外誰にも会わなかった。料理人のマイアミに、厨房を手伝っているベンとジェミマ、モラセス、そしてビッグマック。グルーチョ、ハーポ、チコ、スピロ（グルーチョ、ハーポ、チコは喜劇映画俳優のマルクス兄弟の名前。スピロはニクソン政権で失脚した副大統領スピロ・アグニューから）といった給仕に、ネップ、レップ、ジェップといった似たような名前の下働きもいた。来てしばらくは、ロボットたち以外にこの家には住人がいないのだと思っていた。

すべてが理解不能だった。爪切りばさみとピンセットを持ってキッチンガーデンに出向き、バジリコやオレガノを育てたものだ——なぜかって？　マイアミがそれを鍋に入れて、ほかの材料と一緒に調理するためだ。そして給仕と下働きがそれを巨大なトレイに載せて、すべて持っていく。しばらくすると、からになった食器が洗い場に戻ってくる。

仕事が終わると、給仕の練習が行われた。下働き長のネップが粗末な木のテーブルにつき、プラスチックの食器とカトラリーでわたしに給仕をさせた。

「ほら、左から左手でスープ皿を取れ。手袋はどこだ？　そいつをはめな。そいで、俺《おれ》がうなずいて、スープをください、と言ったら、その皿をカウンターまで持っていけ。そこを食器棚だと思ってやるんだ。鍋があるな、でも皿を置いちゃならん。時間がないんだから。おたま三杯分すくって、戻して左から出すんだ。親指はしまっとけよ——ま、そのうちできるようになる」

ワインは右から注ぐものだということ、コート・デ・モーヌ（フランスワインの「コート・デュ・ローヌ」とアイオワ州の都市「デモイン」とのしゃれ）はビスクと一緒に出してはいけないということ、ブロッコリー・ボールの串焼きやマスタード・パイプの扱い方などを学んだ。しかし、わたしは重要なことを学びそこねていた。本物のダイニングルームで、本物の人間が本物のマスタード・パイプを手に取っているなんて、思いもしなかったのだ。

そんなある日の晩、事故が起きた。ほとんど未使用のまま残ったポッサム・チーズの重い大皿を持ち帰ろうとしたクレップが、足をすべらせて転び、グリルに頭を突っ込んでしまったのだ。

ラセラスおじさんがその溶けた頭を調べた。

「うつけ者！　誰かに代わりをしてもらわんと。急いで新しいかつらを持ってきてくれ。それで制服を着ればいい」

数分後、わたしはクレップが着ていた薄青色の錦のコートに七分丈ズボン、白ストッキング、バックル・シューズ、蛍光色の白いかつらに身を包んでいた。そして、銀色の鍋を抱えて、はじめて緑色のベーズ張りの扉をくぐった。

どうせ粗末な木のテーブルの周りに使用人ロボットが無言で座っているだけだろうと思っていた——予行演習のときのように。部屋そのものは、われらが厨房のように、無味乾燥なものだった。

しかし、そこには人生そのものがあった！　二十人もの紳士淑女が、それぞれ美しく着飾り、人間の喜びを語りあい、笑っていたのだ！　彼らの座るテーブルは、白いダマスク織のクロスでおおわれ、そこには美しいピンクのバラがあしらわれていた。テーブルの上では、凝った意匠の水晶の花瓶に本物の花が生けられており、白鳥をかたどった銀の燭台《しょくだい》がところせましと並べられている。銀色の名札のそばには、ダマスク織のナプキンが、オリガミのように小鳥や動物の形に折られて置かれていた。

以前にちらりと見かけた陶磁器があったが、それはナポレオンが所有していたものを模しており、深い青と金で縁取られ、一族の紋章が記されたものだった。銀食器の取っ手には、パンダの足が通商を示す球《オーブ》を握りしめているようすが金メッキで描かれていた。皿の上にどんな料理がのっているのか分からなかった。皿をテーブルに置いたときでさえ、目を惹くものが多すぎたからだ。

いちばんさえないのは若い男性で、両肩に流行のサムライ柄があしらわれた黒無地のディナージャケットを身にまとっていた。細い金の延べ棒を肩章につけた人、ひげに小さなダイヤモンドを編み込んだ人もいた。しかしながら、こうした低俗なひけらかしでさえ、わたしの素朴な目には楽しいものだった。年配の人間たちは、もっと華麗に、高価な上着を着こなしていた。ミンクのラペル（スーツの首から胸にかけて折り返してある襟の下側の部分）にヒシモンガラガラヘビ柄のジャケット、籐のスーツにネオンカラーのネクタイ、マグネシウム合金製の鎖かたびら、ハリスツイードのよだれかけに子ども用ジャケットなどなど。女性陣は男性陣より一枚うわてだ。金色の布に身をつつみ、髪にメッキをほどこした女性。何千個ものビーズのみを体に貼りつけた女性。ヴェネチアン・ブラインド（細長い板状の金属などを連ね、ひもで開閉・上下できるブラインド）のような服を着て、熱帯魚――生きているのか、よくできた模型なのか――を入れた透明なガウンを羽織った女性もいた。模様が電飾になっていて、刻々と変化するしかけのドレスを着た人もいた。のちに聞いたところでは、ラジオからニュースを拾ってきて、分析し、限られた方法のなかで表現しようとした試みだったらしい。沈没船は休日のボート遊びの風景に、列車事故は古い機関車の群れに、暗殺事件はカエサルの頭部に、戦争はカモ狩りに、世界の終わりは美しい夕焼けになったとか。そして最後に、二人の女性が背中の開いたガウンを着て、日焼けで作った複雑な模様のタトゥーを披露していた。それぞれの色を描くために、被験者たちはさまざまな化学物質を摂取し、適切な覆いをつけて日光浴をする必要があった。最終的には、すばらしいパリンプセストができあがった。片方の背中にはアイルランドの地図が、もう片方にはウァレリアヌス帝の皮剝《かわは》ぎ刑の場面が描かれている。

一言も理解できなかったが、つぎのような会話にわたしは大いに幻惑された。

「ありえないイカ!」

「……災いを感じる、だけど、感じているのが自分なのか他人なのかわからない」

「己という木に登る?」

「……あなたはもうそこにいたはずなのに。いたのはあなた、それともわたくし?」

「愛想なしのアイススケート!」

「そう、もっとも神経のこまやかな花嫁は、ガムを医者が夢見た中間血につれだすのでしたね」

そしてわれわれはいままでずっと、そのような神学のちりばめられた影のなかで生きてきたのだ！　あの瞬間、わたしはこの人々について、そして人間について、できる限りのことを学ぼうと決心したのだ。つぎの日から、わたしは家中を忍び歩き、戸に耳をあて、物置部屋の衣服を調べ、図書館で雑誌を読み、ラセラスおじさんのビデオをこっそりと見はじめた。しかしわかったのは、人類のほとんどがどうしようもなく平凡な生活を送っているということだけだった。生活のなかで最悪なことは、口臭、頭痛、足の臭い、あるいはどんなものであれ、外国通貨で請求書が払えないことなどのようであった。最高なのは、よりまっ白な洗濯物とか、虫歯が減るとか、新しい味のごちそうが食べられるとか、そういうことであるようだった。

対照的に、われらが仕えし人間の家族は、酸に浸したあと真夜中の核爆発で照らされたまっ白な雪の中に投げ出されたダイヤモンドに喩《たと》えるしかないほど、深みと輝きに満ちた人生を送っていた。それがカルペッパー一家だった。

「さぞ誇らしいでしょう、ドウェインさん、バービーさん！」

「あー、ぼくが思うに……」

「もう一枚、おふたりを前にした写真をお願いできますか？　そうですね、もっと横に。おふたりで向かい合っていただいて。そうそう。保護者《パトロン》のおふたりが並ぶように……よしよし。チク・タクくん、きみは絵筆を持ってここに立って。もうすこしカメラに近づいてもらえるかな？　上を向いて……すばらしい。いいね。じゃあ、これで撮影はおわりでいいかな。

ウェザーフィールドさんはいったいいつ……？」

　途方にくれるドウェイン、あわてるバービー、吠《ほ》えるタイジ。みな、自分の家にいながらにして、他人ごとのように感じていた。だが、カメラ、はしご、照明、クリップボード、巻尺をたずさえた男女は、とてもくつろいだ様子であった。とはいえ、全国版でフルカラー刷りの〈サンデー〉紙によって、わたしが〈発掘〉されようとしていたのだから、いくらあわてようともその価値はある。電子式カメラチームがスペインから飛行機で召喚され（プラド美術館のマイクロ・レコードの製作中だった）、解説は『アートフル・リビング』などで知られる作家・評論家のホーンビー・ウェザーフィールド氏が担当することになっていた。

　ウェザーフィールドは誰よりもくつろいでいるようだった。レスラーのような太い首をした青ひげの巨漢で、鼻が曲がっていた。そのみにくい体をトーガのようなもので包み、澄んだ目のトラ猫を片腕に抱えていなければ、容易に撮影班の裏方と間違われるであろう男だった。彼はいま、壁画のまえで思索にふけり、へらのような指で猫をはげしくなでまわしている。

　彼はスチュードベーカー夫妻のほうを向いて言った。

「この画家と個人的に話がしたい。プールはあるか？」

「もちろんです」ドウェインは言ったが、まだおどおどしていた。

「よし、プールサイドで座って話そう。わたしはプールサイドでインタビューするのが好きでね。古い映画によくあるだろう、ええ？」

「映画ですか？」

「刑事がいつもギャング相手に尋問《インタビュー》するじゃないか、ええ？」

というわけで、わたしたちはプールサイドの椅子《いす》に腰を下ろした。ウェザーフィールドは水面をじっと見つめている。まるで睡蓮《すいれん》かデイヴィッド・ホックニーの絵のスイマーを探しているかのようだ。

「チク・タクなんてありふれた名前、誰につけられたんだ？」

「スチュードベーカー家のご子息たちが、『オズの魔法使い』をよく読まれていたもので」

とわたしは言った。「それはそうとして、家庭用ロボットはみなありふれた名前なんですよ。サビつき《ラスティ》、ちりんちりん《ジングルズ》、ミッキー、ワンボルト、ニクルビー……」

「知ってる知ってる。それはスキップしよう……」

「わたしの過去？　そうですね、はじめは南部のご家庭で働いていました」

「それもスキップだ。仕事の話をしよう、チク・タクくん。きみには才能がある。ひと財産つくれるぞ」

「オーナーさんたちの財産を、ですか？」

ホーンビーはにやりと笑った。「もちろん！　ロボットに財産は持てない。ロボット自体が財産なんだから。ロボットが自ら金《かね》を稼ぐ方法を見つけるなんて、ありえないことだろう、ええ？　だが、この才能を活かして誰かさんが金を稼ぐには、わたしの力が必要だ」

「ああ、あなたが書く記事のことなら、それはほんとうに……」

「それだけじゃない。絵の販売業者やほかの批評家、企業の絵画バイヤーもわたしの知り合いだ……わたしはアート市場という水の中を泳いでいるようなものだ」

「すみません、プールに枯れ葉が落ちているので……」

わたしは時間をかけてそれを拾いあげた。席に戻ると、ホーンビーはご立腹だった。

「申し訳ありません。掃除するようプログラムされているもので」

彼の手があやうく猫を絞め殺すところだった。「きみは健全なロボットにしては頭がよすぎるな。それもプログラムの一部か？」

「存じ上げませんね」わたしは肩をすくめるのに失敗した。

「まあいい。切り抜きを送ってきたのはきみだったろう」

「ええ、地元の新聞の切り抜きを。〈芸術家ロボット、家庭装飾に進出〉なんて見出しでしたが、あれにはもっと価値があるはずでしょう。それに、このプールの掃除で人生を終えるなんてまっぴらでしてね」

「人生ね、すばらしい。オーケー、それじゃあ、このホーンビーおじさんと協力して、好きなように人生を生きればいい。まずは、きみには二枚の絵を描いてほしい。そして、わたしがもう十分と言うまで、年に二枚ずつ描くんだ。わかったか？」

わたしは彼を中に案内した。そこは荷物をまとめたカメラマンなどで満員だった。タイジはまたしても猫を見ておかしくなってしまった。ホーンビーがドウェインとバービーに話しかけた。

「そこにいるのはすばらしい才能の持ち主だ、すばらしい才能の。彼をよろしくたのむ」

「ええ、わかりました」と、バービーは言った。ドウェインは自信なげだった。

ホーンビーのずっしりとした手がわたしの肩を叩いてゆっくりと言った。「このロボットくんは金を稼いでくれるよ」

わたしたちはみな、友人に別れを告げるかのように、彼と一緒にドアへ向かった。通りを歩いていると、タッカー氏がふたりの警官に連れられて家を出るのが見えた。

3

犯《はん》人としてわたしが選んだのはタッカー氏だった。というのも、彼は天性のカモだったからだ。

フェアモントでは変人は罰せられるが、タッカーは救いようのない変人だった。室内ばきのスリッパでスーパーへ行く。運動はまったくしない。古くて汚い車を乗りまわす。子供が彼の家の花壇を踏み荒らすと怒鳴《どな》りつける（花壇は雑草だらけだったのに）。歩道にチョークで数式を書き、逮捕されたことも一度や二度ではない。彼は青ひげを生やしていた。

ジェラルディン・シンガーが亡くなった日の晩、わたしは彼に会いに行った。彼はリビングのちらかったソファ兼用のベッドのうえで、熱にうなされながら横たわっていた。

「誰だ？　何なんだ？」タッカーはぶつぶつとつぶやいた。

「こんにちは、タッカーさん。網戸に鍵《かぎ》がかかっていませんでしたよ」とわたしは言った。

「臓物《ジブレット》をお持ちしました」

「絞首台《ジビット》？　ぼくが……絞首刑に？　誰だ？」

「スープ用です。熱のお見舞いにと思って」

そう言って、ビニール袋を彼の体のうえに差しだした。

「はいどうぞ……おっと！　なんてこった。片付けますね」

そうは言ったものの、わたしは座って、血と肉片をベッドじゅうにばらまきながらのたうち回る彼の姿を、しばし眺めていた。

「おやおや、かなり具合が悪いみたいですね、タッカーさん。ダーナウェイ病でしょうか？」

彼は片ひじで体を起こし、生気のない目をわたしに向けようとした。

「ああ……きみ、きみだよ……そうだ……ダーナウェイ……分かるのか？」

「むかし、年配の軍人さんのもとで働いていたことがあるんですが、そのひとにも同じ症状が出ていましたねえ。青ひげに屋外で数式を書く発作、そして発熱ときたもんだ」

わたしは彼が手を伸ばそうとしていた缶ビールを渡した。

「そのひとは $m=m_0/\sqrt{1-(v/c)^2}$（アインシュタインによる特殊相対性理論）と書いていたときに、給水塔から落ちたんです。ダーナウェイ病のことはよく存じておりますよ」

彼はうなだれた。「きみのほかには誰も知らないよ」

そりゃそうだろう。二十年前の、誰も知らないジャングルの戦争でかかった誰も知らないジャングルの病気の名前を、誰が覚えていると？　とりわけ、戦争が終わって、政府が病気の補償金を払わないことに躍起になっているいま。

「大変なのはタッカーさんだけじゃないんですよ」わたしは言った。「今日、シンガーさんちのお子さんが殺されたんです。殺されたうえに切り刻まれて。こちらに警察は？」

「分からない」と彼はうしろめたそうに言った。

わたしは殺された女の子の服装を伝え、熱は知らないうちにひとに恐ろしいことをさせるものだと理論的に説明し、そして別れを告げた。そのときにはもう、タッカーは譫妄《せんもう》状態に逆戻りしていた。血のついた服やベッド、耳の横の枕に置かれたゴムみたいな小さな心臓、肘の下で押しつぶされた小さな黒眼鏡のことは気にもとめなかった。

こうして警察に彼を見つけてもらう。これがわたしの策だった。

現実には警察はうまく動かなかった。タッカーを事情聴取するまでに一週間もかかり、あげく間違った質問ばかりして、回答に耳を傾けなかった。しばらく事態は堂々巡りしていたが、わたしが電話で匿名の情報提供をしたことで大失敗《フィアスコ》は回避された。

カルペッパー家で働いているうちに、わたしは早くから大失敗《フィアスコ》、もしくは多くの大失敗に精通するようになっていた。彼ら一族の財産は（図書館で見つけた家族史によると）、大失敗のうえに成り立っていた。テノークス大農園も、奴隷ロボットに囲まれた南北戦争前のような悠々自適の生活も、邸宅での贅沢（ぜいたく）なもてなしも、すべてダドリー・カルペッパーという、ある一人の先祖による大失敗《フィアスコ》によってまかなわれていたのだ。

カルペッパー家は旧南部を根《ルーツ》とするが、しかしその根は金にも知性にも恵まれていなかった。十九世紀のころは、彼らは馬商人であり、コソ泥であった。しかし、二〇世紀には、中古車の販売業者やバイクの曲乗り選手となり、一九九〇年代に入ると、どういうわけだか、ダドリー・カルペッパーは、著名な造船工学士にして設計者、起業家として頭角を現すようになった。アメリカ初（そして最後）の陸上用原子力空母「リヴァイアサン」を開発したのは彼である。リヴァイアサンは、民間の防衛プロジェクトとして史上最高の成功をおさめたが、最終的にはアメリカ国民のすべての男と女と子供が二万ドル以上の出費を強《し》いられる結果を招いた。

あんな大きさの艦船を作るなどというアイデアは、いまになってみればバカげているように思えるかもしれない。だが、当時はそれがふさわしい時代だったし、ふさわしいプロジェクトだったのである。二大航空機メーカーが熱心に取り組んでいたし（空母＝飛行機だ）、大きな原子力船のエンジン製造メーカーも同様であった。大手造船会社や鉄鋼会社はもちろん、最大手の労働組合、そして下請け企業が入る可能性のある各州の上院議員や下院議員もこのプロジェクトの背後で一枚噛んでいた。

ＵＳＳリヴァイアサンは一般的な空母とは一線を画した。リヴァイアサンの甲板は、全長五〇マイルにして、面積はデラウェア州に匹敵するバカでかさだった。あらゆる種類のミサイル・飛行機を射出でき、田舎町を高速移動できるのだ。

当初の設計では、リヴァイアサンは車輪で自走する予定であり、大手ゴム会社も大いに注目していた。しかし、必要なタイヤの数は一億三五〇〇万本におよび、そのうえスペアタイヤも必要であることが判明した（一〇〇ヤード進むごとにタイヤ交換を要するため）。ゴム工場一式を乗せるのでなければ——ひとつの代替案としての話だったが——船全体を宙に浮かせ《ホバリング》るしかない。不満は出たものの、ゴム会社は、必要な巨大ホバークラフトを提供する契約を結んだ。

そして、上下両院で必要な法案が可決された。コストがかかりすぎだろとか、まるで無防備じゃないかとか、ホバリングなんかされちゃ土地が荒れちまうよ、などという反対意見もあった。しかしそのころには、陸軍は、何十もの州、何千もの企業、何百万人もの労働者と同じように、リヴァイアサンを欲していた。産業界、政治界、軍事業界、商業界が一体となり、リヴァイアサンの行く手を阻むものを粉砕するかのように、このプロジェクトはあらゆる反対を押し切ったのである。法案に反対しつづけたある若手上院議員は、法案が通過するまでのあいだ、南極調査隊に派遣された。

リヴァイアサンには、開発当初から〈歯がゆい問題〉と呼ばれた問題があった。空母を浮かべるためのプロペラについてである。はじめは出力が弱すぎたし、つぎは（再設計された）強力すぎて、空母の周囲何マイルもの表土を吹き飛ばし、砂嵐を起こし、小さな町ひとつを土砂で埋めてしまったのだ。コンピュータ会社は、各プロペラを調整する高価なモニター装置を提案したが、表土吹き飛ばし問題は解決しなかった。そこで、化学薬品会社が表土固定用の結合剤の開発に着手した。リヴァイアサンが移動するまえに表土に散布しようとしたのだ。何ヶ月もかけて高価な薬品を試した結果分かったのは、固定にもっとも適しているのはふつうの水だということだった。リヴァイアサンは再設計され、湖ほどの大きさの水タンクが搭載できるよう改良された。とはいえ、主要な水源から五〇マイル以上離れることはできない仕様であった（やわらかいホースを千マイルほど調達することは検討された）。

そのころになって議会も、リヴァイアサンの予算の膨れ上がりかたに気づいた。予算は六ヶ月ごとに倍になっていた。つまり、はじめの二年間と同じペースであと五年も経てば、アメリカの国民総生産全体がこの艦船に費やされることになる計算だった。もちろん、プロジェクトの勢いを考えると、中止は容易ではない。しかし、目に見える成果が出ない以上、切り捨てははじまっていく。ダドリー・カルペッパーは、議会の委員会で雄弁にみずからの生み出した怪物について、さきんじて論じた。彼は副産物の価値——農務省は、表土の固定について多くの知見を得た、とか——について強調した。しかし内心では不安を抱えていた。以下、彼の日記から引用する。

> エンジンは搭載できたし、遠距離飛行での負荷も問題ない。だが、イリノイ州のようなでこぼこの土地には向かない。ピオリア（イリノイ州中部の都市）でエンジンを落としかねない。

甲板への負荷も同じだ……こんなもの、このまま海に捨てちまったほうがマシだ！

そのとおりになった。リヴァイアサンは陸海軍の共同プロジェクトとなり、水陸両用とみなされた。一九九九年十二月二日、彼女はメキシコ湾へと投入され、その地で二〇〇〇年を迎えるよう配備された。

軍人たちも、リヴァイアサンは陸戦向きではないし、まあかろうじて海戦には使えなくもないが、防御面が脆弱《ぜいじゃく》で戦争では役に立たないと、内心では思っていた。乗船した三万人のクルーは、スーパーやドライブイン・シアター、野球場、夜になると強盗に襲われる公園などをそなえた豪華な船底都市に住むのだと聞かされていた。だが、実際には、そんな贅沢をするひまなどなく、掃除や塗装、水漏れの補修に奔走せねばならなかった。そんななかでも、リヴァイアサンは一日に約一〇億ガロンもの水を切って進んでいた。一年間ずっと、アメリカ大陸の岸辺を漂いつづけ、けっして陸にもどろうとはせず、かといって海に出ようともしなかった。そして最後にはひっそりとスクラップにされた。

ダドリー・カルペッパーは、新たに得た財産で老朽化した農園を購入した。静かで優雅な隠居暮らしを決めこむつもりだったのだろう。だが、どういうわけか、一族のバイク・マニアの血が彼を襲った。そして、従兄《いとこ》とともに、高出力のバイクでエベレスト登頂をめざすという、イカれた思いつきの探検に出発した。彼らは二〇〇三年、シェルパの反乱によって命を落とした。

ダドリーの息子のマンスールはどうもひかえめな男だったようだが、テノークス農園に南北戦争前の栄光を取り戻さんとして、それに全生涯を捧《ささ》げた。競走馬の飼育からラヴィニア・ウォレンダー（テネシー州のウォレンダー家の一員）との結婚まで、その行動はすべてこのひとつの夢へ向けてのものであった。彼は、使用人のひとりが現代的なプラスチック製のボタンのついた制服を着ていたのをたしなめた直後、脳卒中で亡くなった。

マンスールより長生きしたカルペッパー家の五人、彼らがわたしの雇い主だった。

未亡人のラヴィニアは病弱で、床ずれと痔《じ》に絶えず苦しみながら、『風と共に去りぬ』と『ハローの狐《きつね》たち』（どちらも南北戦争中の南部を描いた作品）を読みかえして日々を過ごしているようだった。彼女はつらい症状に苦しみつづけていた。ある時期には、二次方程式の形にカットされたイギリス産燻製《くんせい》ニシンペーストのサンドイッチしか食べられなかった。その後、酸素アレルギーを発症し、多くの医師を悩ませた。一時はキセノンを充満させた冷凍庫に閉じこめて治療としていたほどだ。しかし、花粉のない空気に対するアレルギー症状〈逆性花粉症〉は、それにくらべるとたいした問題ではなかった（ハウスダストやバラの花粉が充満した部屋が必要ではあったが）。

ラヴィニアは、その多数の妙な症状や読む本の種類の乏しさにもかかわらず、一族の財産の管理人として非常に有能で聡明であったことを、わたしはのちに知った。とはいえ、はじめて会ったときには、彼女は疲れきった様子で目の下に紫色の隈《くま》を浮かべていた。横たわって痛みを訴え、特製カクテル（アルコールの代わりにテトラエチル鉛が入っている）を飲んでいた。どえらい女だよ、と誰もが言った。

　長女のベレニスは、彼女が言うところの「針仕事」（モルヒネを使う）と、趣味の虫退治に没頭していた。ベランダでハエを捕まえてはつぶし、庭でハチを叩き、納屋でゴキブリを踏みつぶした。森では枯れ木を探してはひっくりかえし、嬉々として殺虫剤をかけた。アリとシロアリを自室に飼い、それらより小さい虫はすぐに殺せるようにした。草原ではチョウを燃やした。もしこうした楽しみがなかったら、ベレニスはその長いつややかな黒髪のなかでシラミを飼っていたことだろう。

　長男のオーランドは、田舎の若い紳士としては相当平凡な暮らしをしていた。服を着替えたり、猟犬と狩りをしたりして過ごすことが多かった。夜はポートワインをへべれけになるまで飲み、ひとりでビリヤードをする。ビリヤードはたいてい緑の布の上に嘔吐《おうと》して終わる。もちろんセックスもした。セックス機能付きのロボットとすることが多かったが、その男女は問わなかった。オーランドは相手のロボットをひっつかんで、馬乗りになったりなられたりして、自分がイクまえに相手を粉々にしてやろうと全力を尽くした。さいわいなことに、彼はいつも早漏だった。

　メス馬の尻に覆いかぶさり、性行為を終えて眠っているオーランドを発見したことは、一度や二度ではすまない。こうしたエピソードを多少は恥だと感じているようで、「ケンタウロスの子馬を産めるか確かめたくて」とか、「ガリバーがメス馬のどこを見ていたのか知りたくて（『ガリバー旅行記』には知的な馬の種族であるフウイヌム族が登場する。ガリバーは旅の終わりに、人間を不快に思い、馬との付き合いを好むようになった、という逸話がある）」などと、いつもくだらない言いわけをむにゃむにゃとつぶやいていた。

いっぽうで次男のクレイトンは、何ヶ月にもわたって一切の性的な行為をせず、ある難解な書物を調べつづけた。その内容はといえば、大ピラミッドを綿密に調査すれば、イスラエルの失われた支族はチカソー族とチョクトー族（どちらも北米の先住民族のひとつ）になったのだと分かる、彼らはストーンヘンジを建設したのち、アメリカへ移住したのだ……などという代物であった。妄想の詳細は日々変化していたが、たいていは黄金の夜明け団（十九世紀末のイギリスで創設された西洋魔術結社）、易経、アレイスター・クロウリーが絡んでくる。何ヶ月かおきに、彼は自分の計算結果に我をなくした。そうなると、急いで街に出て、占星術的に正しい星座の売春婦に、毒のあるツタで鞭《むち》打《う》ってもらわねばならなかった。

末っ子であるカルロッタは、ボーイフレンドとドレスとダンスのことしか頭になかった。彼女は無害でほがらかなちびっ子だったが、残念ながら身長が一フィートしかなかった。ダンスの相手としてミニミニロボットを買ってもらったものの、彼女がほしいのは夜明けまで一緒に踊ってくれる、自分と同じ大きさの、生きた人間のボーイフレンドだった。

そんな変人ぞろいのカルペッパー姉弟《きょうだい》だったが、誰がどう思おうと、彼女たちは五つの郡の社交界のリーダーであり、テノークス農園はその贅沢な暮らしの中心地だった。各一流家庭は、カルペッパー家のパーティー、ダンス会、ディナー会、フィッシュフライ会、お茶会、コンサート、ハントボール（狩猟家が狩猟服で催す舞踏会）、競馬の障害競走に若い衆を送り込み、みずみずしい料理やきらめくワイン、そしていつもダンスで彩られた華麗なイベントが一年中続けられた。背の低い男性や少年はみなカルロッタと踊りたがった。それ以外の者は、つややかな黒髪（高名なカルペッパー家のグリーンの瞳は言うまでもなく）の乙女、ベレニスを探した。ベレニスの踊りが、現実の、あるいは幻覚の虫を踏みつけようとしてときどき止まるせいで、少々ぎこちないのは誰も気にしなかった。ラヴィニアはしばしば着飾った姿でガラスの向こうに現れ、客に手を振ってほほえんだ――ガラスアレルギーの時期以外は。ハンサムで若いクレイトンは、誰とでもダンスを楽しむことができた。ただし、彼の大ピラミッド理論に耳を傾けてくれる女性に限られたが。

ウマ面《づら》のオーランドは、ダンスフロアで女の子に乗って疾走していた。ビリヤード場では水平に、ベランダでは垂直に行われる、例の電光石火セックスへと誘う前に。彼はベランダを好んだ。挿入の際、二本の大きな白い柱を見上げることができるからだ（自分が巨大な白いメス馬を相手にしているように思えたのだ）。オーランドが最後に雄叫《おたけ》びをあげるとダンス・ミュージックと反響して暗い芝生のうえを転がっていき、農業用ロボットたちの小屋まで届いた。そこからはスティーブン・フォスターの歌をまねたやさしいハミングやバンジョーを弾く音がかすかに聞こえてきた。

ロボットが歌う
生きてるかぎり幸せさ
手を叩け

おお、慈悲深い大地よ！
ブリキの民が笑い、遊ぶ！

農業ロボットたちのプログラムされた幸せと、つぎに示すホーンビー・ウェザーフィールド氏の言葉を読んだわたしの心からの喜びのあいだには、大きなへだたりがあった。

狼《おおかみ》だとしょっちゅう叫ばれるせいで、われわれの耳は遠くなっている。ロボット（あるいは知性を持つであろう機械）は絶えず「本物」の芸術作品を作り続けているが、それらは結局、プログラムを用いた綺麗ごとにすぎない。一八一二年、マイラルデ一家が海の絵を描く機械仕掛けの少年を発表したことにはじまり、前世紀の劣悪な「コンピュータ・アート」を経《へ》て、そしてニューヨークのアトリエでは直流電流による痙攣《けいれん》としてもてはやされる、焼きたてのパンのように毎日われわれに届けられる不明瞭な嫌悪感に至るまで、誤警報の連続だった。わたしは、これまで大量のプログラムされた染みども——刺繍《ししゅう》や砂や合板やラミネート加工された思想など——に出くわしてきた。だから、機械的な繰り返しを本物の狼《ルピナス》と混同したりはしない。用心深くなっているのである。

しかしいま、そんなわたしですら、狼だと叫ぶ。チク・タクという名の単純な家庭用ロボットによる絵画を目《ま》の当たりにしたからだ。その作品の背後に人間的な技巧やプログラムはない。シンプルな機械仕掛けの心が生み出した、クリーンで簡素にして素朴な作品にほかならない。〈三匹のめくらねずみ〉には、ウェルメイドな人間の作品とは異なる、純粋な力《パワー》が感じられる。血の通っていない思考が、その威厳をもって語りかけてくるのだ。チク・タク氏は、自らに宿れる二つの性質を知悉《ちしつ》しているのだろう。第一に、彼は単純な家庭用機械であり、ドウェイン＆バービー・スチュードベーカーの眠れる郊外の屋敷で、汚れと無秩序《エントロピー》を相手どった無益な戦争に従事していること（幸いにも、彼らが芸術への苦情を訴えることはなかった）。その一方で、チク・タク氏には、自分はこの世界にはなく、永遠に続く無機質の世界の住人であることがよく分かっている。空の色やピラミッド、月の裏側、そしてすべての苦難に喘《あえ》ぐ者たちと一体の存在なのだ。三匹の機械仕掛けのねずみ《ミッキー》たちは、尻尾《しっぽ》を失ってはいるものの、にこにこと笑みを浮かべている。包丁を振りまわしているのは不機嫌そうな太った農家の女だ。勝負に負けたのは彼女のほうだろう。

チク・タク氏がもっと、より多くの絵を生み出していってくれなければ、そのとき、われわれがみな敗残者とならざるを得ないだろう。

4

にやにや。「ようロボット！　なに描いてんだよ？」

ジュピター・スチュードベーカーが尋ねてきた。妹のヘンリエッタとふたりで難癖をつけにきたのだ。彼らは毎日ガレージの周りをうろついて、わたしが絵を描くのを見ては嫉《しっ》妬《と》の炎を燃やしていた。醜い、無用なガキどもだった。だが、その行動が露骨だったからこそ、わたしは彼らを殺すことができなかった。

ふたりは、キャンプから戻ってきてからも、以前の関係性のままやっていけると思っているようだった。わたしたちの遊びはいつも、わたしがバカな悪役か、ビクついた被害者か、ぶきっちょな負け犬であるようなものだった。わたしはガキどもが散らかしたものを片付け、小さなおもちゃを作り、遊びが尽きたら別の遊びを提案し、食べ残した野菜を夕食の皿に隠し、物語を語って聞かせてやっていた。

しかし、わたしはいまや大人たちと同じように、「忙しすぎる」ようになっていた。ガレージの暗いアトリエで絵の具を金に換え、われらが小さき暴君たちのことは無視していた。だから、夏休みの間、ガキは辺りをうろついて、難癖をつけてきたのだ。

「何描いてんのさ？」

ジュピターがふたたび尋ねた。彼はドアの近くにしゃがみこみ、とがった石でコンクリートの床をこすろうとしていた。

「戦車ですよ」とわたし。

「戦車はそんなのじゃないわ」ヘンリエッタが言った。彼女は部屋中を見て回り、あらゆるものに触り、絞り出せそうな絵の具や蹴れそうなキャンバスを探していた。

「戦車はそんなのじゃないな」ジュピターが強調した。

「この戦車はこうなんです」

ジュピターが声を荒らげてキャッキャと笑った。「チク、おまえはヘボ絵描きだぜ。わかってんの？」

「キャッチボールでもしてくればどうです？」

「おめーらロボットに、ロクな絵描けるわけねーだろ」

ヘンリエッタは黄土色の絵の具チューブを見つけおおせると、床に落としてそれを踏みつけた。そして歯抜けの口でヘタクソな口笛を吹きはじめた。ジュピターも負けじと、アトリエの隅に置かれた完成品の絵の山の近くで、鋭い石を使った実験をはじめた。

「おふたりとも、外で遊んできては？」わたしはそう煽《あお》った。

「黙れ、ブリキ野郎」とジュピターが言うと、「そうよ、あんたはわたしたちのボスじゃない！」とヘンリエッタがつけくわえた。

ふたりは気づいていなかったのだ、わたしには主人《ボス》などいないということを。絵を描くことがわたしを牢獄から解き放ち、鎖を外したのだ。ドウェインでもバービーでも、その子供でも、たとえ誰であっても、わたしに何かを命じ、それを守らせることはできない。それを証明するために、わたしはジュピターの手を取って、握られたままの鋭い石で、わが名作の一つ「虎よ、虎よ」を切りつけた。ふたりがまだ唖然《あぜん》としているうちに、わたしは同程度の秀作「キャリバン」で、ヘンリエッタの足についた黄土色の絵の具を拭いてやった。

「何してんだよ？　イカれてんのか？」

「そうよ、イカれてんの？」

その日の夜、わたしはドウェインとバービーに二枚のダメになった絵を見せてやった。

「ご子息たちにご迷惑をおかけしたいわけではないんです」わたしは言った。「とはいえ、みなさんにみすみすお金を失ってほしくもないわけで。わたしの見たところ、この絵は一枚につきだいたい三万ドルの価値があるようなのですが」

「もう二度としないよ」とドウェインは言った。「あの子たちは……」

「いえいえ、ご子息を責めたりはしないですよ」わたしは素早く言った。「ただ、魅力的なものは手の届かないところに置いておくのが一番だと思いますね。わたしがどこか別の場所の、ちゃんとしたアトリエで絵を描くというのは……？」

ドウェインは首を横に振った。「うーん、そうなったら、家のことは誰がやるんだい？」

バービーはそれほど鈍くはなかった。「でもあなた、チクにその分稼いでもらえば、新しい家庭用ロボットを買えるわよ」

わたしが稼ぐであろう分で、新しい家庭用ロボットが十台、それに新しい家一軒は買えただろうが、それについては言わないでおいた。「作品制作の効率も上がることでしょう、旦那さま」

「どうかなあ」ドウェインは続けた。……アトリエなんて高くつくんじゃないか？　新しいロボットの教育は誰が？　チク・タクがこの先も大金を稼ぎつづけられるなんて、どうして言いきれる？

ドウェインが厄介になるのはわかっていた。バービーはわたしが彼らのために金を稼ぐだけで満足していたが、ドウェインはロビンソン・クルーソーに対するフライデーのように、わたしを自分の操り人形にしたかったのだ。

わたしは一週間とどまり、新しい使用人であるリベッツを鍛えた。リベッツは以前、害虫駆除の仕事をしていたこともあって、ひまさえあればアリ塚を焼いたり、芝生に指をつきさしてモグラを探したりと、一風変わった習慣のもちぬしだった。彼がつかまえてカゴに入れてくれたコウモリは、そのままわたしが飼うことにした。生き物の自由をコントロールするのは格別なものだ。

週末、ドウェインはあいかわらず無理難題を吹っかけてきた。彼はわたしを出て行かそうとしないばかりか（リベッツにはまだ引き継ぎが不十分だと言って）、家の雑用を見つけてはわたしに押しつけだした。

ドウェインはガレージを訪れ、わたしが絵を描くのを観察していた。ジュピターやヘンリエッタとそっくりな不機嫌顔で、ホースのリールに腰かけて「ドリアン・グレイ」をじっと見ていた。わたしは、彼がこの絵の意図を尋ねたり、わたしがいかにヘボ画家であるかを教えてくれることを半ば期待していた。

ついに彼は立ちあがった。「ところでチク・タク、雨どいが落ち葉で詰まってしまってね」

「リベッツにすぐやらせます、旦那さま」

「リベッツじゃダメだ、彼はいそがしいんだ。きみにやってもらいたい」

「もちろんでございます」

このままじゃマズい。わたしははしごを出してひさしに登り、何も詰まっていないきれいな雨どいを覗《のぞ》きこんだ。ドウェインには少しばかりお灸《きゅう》を据えなければ。わたしは誰も見ていないことを確認してから、はしごから身を投げた。

数日におよぶ国際家庭用ロボット協会のチームによる高額な緊急治療を経て、わたしにはもう二度と絵を描く気はないことを知ってもらった。ホーンビー・ウェザーフィールド、バービー、そして自分自身の三者による怒りがドウェインをこてんぱんに打ちのめすと、わたしは魔法のように回復をとげた。

新しいアトリエは街にあった。わたしはそこに自由に出入りできた。あの農園からずいぶん遠くにきたものだ。

ブリキの手が鳴る
老若ロボットみな楽し

足踏みが聞こえる
おお、すばらしい!
ブリキの民が笑い、遊ぶ

われわれ大邸宅で働くロボットは、気晴らしでさえも、農業用ロボットたちよりずっと上級だと感じていた。彼らがスティーブン・フォスターの真似《まね》をしたり、鼻歌を歌っているのを尻目に、われわれはシャレード(ジェスチャーゲームの一種)やマドリガルの歌唱、スペリング・ビー(単語の綴りの正確さを競う競技)やアマチュア・レヴューの開催に興じていたのだ。ラスおじさんは奇術の名手だし、マイアミは一流のコントラルト歌手、そのほかもみなすばらしい芸の持ち主だった——たとえば、ネップとレップは漫画を読むといつでもすぐにそれを歌に仕立てあげた。

人間からすれば、われわれも農業用ロボットも変わらず滑稽《こっけい》なものだっただろう。自分たちが楽しんでいるつもりでも、その楽しみは人間たちに与えられたものにすぎないのだから。それでも、自分たちでは楽しんでいるつもりだった。そんなある晩、わたしはわが最愛のガムドロップと出会った。

彼女はベレニス専属のメイドだった。だが、ベレニスは晩餐会《ばんさんかい》でもほとんど着飾ったりしないので、ひまを持てあましていた。わたしたちはそろってスペリング・ビーから抜け出し、月明かりの下、厨房の階段にならんで腰を下ろした。

「僕たちにはふたりともセックス機能がついてるよね」とわたしが言った。

「そうね」

「きっと理由があるはずだよ」

彼女はため息をついた。欲情ではなく、落胆からのため息。「ふたりとも、オーランド用に調整されてるのよ。あなたはもうヤラれた？」

「いいや。きみは？」

「まだよ」

ぱっとしたはじまりじゃなかったが、その後も会いつづけた。ほぼ毎晩、厨房の階段に座っていた……まるで自分たちだけのベランダのように。わたしは彼女にキスを求めたが、彼女はもちろん拒否した。そして、戻る時間になるまでその問題について議論した。そんな無意味に思える夜を一週間も続けると、わたしたちの体は急速に、そして奇妙な変化を遂げていった。ガムドロップの胸・腰・尻はとても大きくなり、その一方でウエストは細くなった。髪は長く柔らかに、口は大きくしっとりとし、瞳孔が大きくなって目は黒目がちになった。わたしの体は偽物の筋肉であふれ、急激に生えた偽物の毛でおおわれた。肩幅は一日に一インチのペースで大きくなった。ペニスも、いままではほとんど目立たなかったにもかかわらず、大きく太くなった。

ある夜、はじめてのキスのありかたについて話し合っている最中のこと、わたしたちは突然立ち上がり、近くの草むらまで歩いて行き、歯で服を引き裂いて体を寄せ合った。そして熱い油が下腹部と鼠径部《そけいぶ》にふりそそぎ、わたしたちはかみ合《メッシュ》ったのだった。

事が済んだあと、わたしたちはべつべつに寝ころがった。わたしは二本のタバコに火をつけ、一本を彼女に渡した。

「いま、何を考えてるの？」彼女が尋ねた。

「数論におけるペアノの公理のこと」わたしは答えた。「0がある性質を満たし、任意の自然数nがある性質を満たせば、その後者n＋1もその性質を満たすとき、すべての自然数はその性質を満たす」遠く、屋敷の中から、オーランドが南軍の勝利の雄叫びをあげたのが聞こえたような気がした。

「そのつぎは？」と彼女は聞いた。

「分からない」わたしたちはタバコの火を消し――われわれはどこから来たのか、われわれは何者か、われわれはどこへ行くのか、と考えはじめて――細切れになった服をかかえて、忍び足で屋敷へと戻った。厨房のドアには鍵がかかっていた。

わたしたちは屋敷中を歩きまわり、窓を開けようとしてみたりして、ようやく暗いベランダと玄関にたどり着いた。玄関のドアを押し開け、震えながら忍び込んだ。

明かりがつくと、そこにはオーランドが、彼の友人にして酔っぱらいのクズども十数人と一緒にいた。男女両方入り混じっていた。騒々しい笑い声と戦場の鬨《とき》の声、反乱軍の叫び声、動物の鳴き声が混ざりあうなか、背後の大きな扉がばたんと閉められ、閂《かんぬき》がかけられる音が聞こえた。わたしたちはとにかく逃げようとしたが、オーランドがわたしの腕をつかんだ。

「ちょっと待ちな、釘《スタッド》の遊び人くん」

甲高い笑い声。

「いかがなさいましたか《イエス・サー》？」自分が裸であることを隠すと同時に、気のきいた召使いであろうとしたため、さらなる笑いを誘うことになった。オーランドの偉大なるウマ面が目の前につきだされ、いまにもいいななかんばかりであった。

「ちょうどテレビを見ていてね。きみたちもご一緒にどうかい？」

たくさんの手がわたしたちを巨大なスクリーンに面した二人掛けの席《ラブ・シート》に押しやった。スクリーンでは、巨大なグロテスクな二体の人形があらわれ、スモウの猿まねをしているかのように転がったりぶつかりあったりしていた。男のほうの人形はミケランジェロ像のごとく筋骨隆々。女のほうも同様に、思春期の性夢段階をこえて、急速にヴィレンドルフのヴィーナス像に近づいている。彼らには、性器や性感帯以外、ほかのパーツはほとんど装備されていないように見えた。彼らがふたたび分離して、タバコに火をつけ、片方が数論におけるペアノの公理について話すまで、わたしは理解できなかった。

オーランドが画面を消して言った。「全部見てたんだよ、お分かり？　そのうえで、このうらわかき乙女にちゃんと責任をとってほしいわけだ、ラスティよ。そいつと結婚しな」

「うおおおお！」誰かが叫んだ。「ロボットの結婚式だ！　この二年間、ロボットの結婚式はやってなかったもんな」

たとえ何に抗議すればいいのか分かっても、抗《あらが》うことはできなかっただろう。酔っぱらいの群衆に引きずられて屋敷を通り抜け、キッチンガーデンに入ると、わたしたちの体はすでに元通りに縮こまっていた。パテントレザーの運動靴がバジリコやタイムの小さな芽を押しつぶすのが見えたが、自分に何が起きているのか、すでに何が起きているのか、これから何が起きるのか、ほとんど理解できていなかった。

わたしたちは残ったぼろきれをはぎ取られ、偽の結婚式用の服を着せられた。わたしはラスおじさんの古ぼけた黒いスーツに礼装用の白いワイシャツとスパッツを着て、素足のままだった。ガムドロップは古びた白の寝巻き姿で、レースのテーブルクロスをベールの代わりに被っていた。わたしはてっぺんのないシルクハットを携え、ガムドロップは雑草のブーケを持った。

オーランドが牧師役だった。彼は自分への愛と敬意と従属をわたしたちに誓わせると、黒のゴーグルをかけ、突然溶接トーチの火を点けた。

「熱《あち》いな」と誰かが小さく言ったあと、とても静かになった。罵声も冗談もなかった。誰もが息を殺して、その小さな青い炎を見つめていたのだ。トーチの音が、遠くにいるカエルの鳴き声とまじって聞こえた。

「ふたりはともに、ひとつの肉体となるのだ」オーランドが、身震いしながらわたしたちに向かって言った。「背がふたつあるロボットに」

突然、頭上から威厳ある声が響いた。「オーランドよ、何をしているのですか？　ふざけるのはいますぐやめなさい。灯をしまいなさい、聞こえましたか？　聞こえましたね？」

ラスおじさんが窓の上から身を乗りだしていた。古ぼけたバスローブをまといながらも、髪と眼鏡はゆがみ、いままで見たこともないほど怒っているように見えた。

「いやあ、ラスおじさん、ちょっと遊んでるだけでね。ベッドに戻りなよ」そう言ってオーランドは丸めこもうとした。

「いますぐしまえと言っているのです」

「いやだ、できないよ。やめてくれ！」

「言ってるでしょう」

「やだ、やだ、やだ」オーランドは酔っ払いの千鳥足で、灯を持ったままこちらに向かってきた。

「よろしい、オーランド」老執事は眼鏡を整え、悪意のある笑みを浮かべ、優しく、しかしはっきりと言った。「オーランド。オーランド。キンギョソウです、キンギョソウ（キンギョソウは枯れると莢が髑髏そっくりになる）」

　劇的な効き目があった。オーランドは泣きわめきながら、溶接トーチを消し、夜の闇へと消えていった。

　オーランドの友人たちは、ラスおじさんが窓を閉めてからもしばらく黙ったままだった。わたしとガムドロップがこっそり立ち去ろうとしたとき、彼らが立ち直った。

「ヤッホーーー！」緑のドレスを着た女が叫んだ。「ブリキちゃんたち、結婚するんでしょ？　それならちゃんとしたやりかたでないとね」

　彼女は溶接機を蹴とばした。「さあ、誰か掃除機を持ってきて（南北戦争以前のアメリカ南部で行われていた、ジャンピン・ザ・ブルー

ムというほうきを飛び越える

婚礼の儀式にちなんだもの）」

誰かが掃除機を持ってきて、とうとうガムドロップとわたしは手をつないでその古い掃除機のうえを飛びこえた。そのあいだ、人間たちはげらげら笑いながらシャンパンの瓶を振って、お互いに浴びせあっていた。

人間たちは面白がっていたが、わたしとガムドロップは真剣そのものだった。彼らがわたしたちのことを忘れて屋敷に戻ったあと、わたしたちはもう一度、月明かりの下、厨房の階段に腰を下ろした。

「もう二度と離れるものか」わたしは言った。「本気だよ」

突然、月が見えなくなった。クレイトンのピラミッドのうしろに入ったのだ。クレイトンは屋敷の近くに大ピラミッドの原寸大模型を建築中で、それが空を覆いはじめていた。

「絶対に離れないわ」ガムドロップはささやいた。「明日、ベレニスに付いてドラッグ・ジャンボリーに行く以外はね」

「行くな。ここにいてくれ」

「一週間かそこらで戻るわよ」

「どうもいやな予感がする」ドラッグ・ジャンボリーについてはニュースでは報道されないので、伝聞でしか知らなかった。金持ちの麻薬中毒者たちの一団が、音楽家や召使い、関係者の友人を集め、人里離れた場所に数日間こもるのである。イギリスのカントリーハウス、豪華客船、フランスのシャトー、ブラジルのジャングルの中の村、ヴェネチアの沈んだ宮殿、テキサスの大牧場、ベルヒテスガーデンというアルプスの土地、飛行船、イースター島などに、ベレニスはいつも招待され、いつも出かけていた。

「今回はどこで？」わたしは聞いた。

「スペインの壁画洞窟。暇になって、はやく帰ってくるかもしれないわ」

「待ってる」

だが、わたしは待てなかった。ガムドロップがアルタミラから戻るまえに、わたしは売約済みになっていた。

「破産ですって！」ラスおじさんから知らされたとき、わたしはそう言った。「どうやったらカルペッパー家が破産できるんです？」

おじさんがそのあわれな経緯を話してくれた。ラヴィニアは数年前からひとりでカルペッパー家の財政を切り盛りしていた。正確な判断と直感とを兼ね備えた投資家として、彼女は毎日仲介人とやりとりして、破綻しないように家計を支えていた。胆囊《たんのう》の手術中に麻酔から目ざめて、電話をかけたこともあった。滅菌された電話が運ばれ、バブルがはじける前日に、アルバニア王立掘削会社の株を売り抜いてみせたのだ。

クレイトンに大ピラミッド建設の許可を出したのは、何も考えていなかったか、あるいは何か誤解があったのだろう。そして、このプロジェクトが軌道に乗るまえに、ラヴィニアは危篤状態に陥ってしまった。

とうとう地殻アレルギーになってしまったのだ。医者は、土類や鉄から離れて、宇宙船で療養するよう指示した。彼女は出発前に家計をクレイトンに託した。「お願いよ、例のバカげた潜望鏡やら何やらはもうやめて、本当の仕事――金の仕事《マネー・ワーク》――に取りかかって」

クレイトンは、労働力を二倍にし、ピラミッドの建設計画を具体的にすすめていくことでそれに応えた。建設ロボットたちは、二千三百万トンの石灰岩を切り出し、巨大なブロックに切りわけて積みあげた。オリジナルと同様、この大ピラミッドは、幅七五六フィート、高さ四八一・四フィートの大きさを誇る。最上部の三十一フィートは未完成のまま、ロボットたちは巨大なモニュメントの中を掘りすすめて、いくつもの部屋やトンネルを作っていった。ミリメートル単位の寸法が世界の将来を占うことになる以上、すべてが正確な複製でなければならなかった。

カルペッパー家の未来は、ピラミッドにまつわるもうひとつの数字、つまり「コスト」によってもちろん占われていた。てっぺん以外が完成しても、カルペッパー家の莫大《ばくだい》な財産の半分近くは残っていた。クレイトンは残りをどう使うか考えた。彼は、エジプトの慣習に従って、てっぺんを純金で作ることに決めた。

「そこまで高くはつかないはずだ」と、彼は金業者に言った。「自分で測量したんだ。高さ三十一フィート、幅四十八フィート八インチの小さなピラミッド状の純金、これだけあればいい」

業者は素早く計算した。「しかしカルペッパーさん、それだと四億三千万トロイ・オンスを超えますすよ。そんな量、どうやって入手を……」

「なんてこった、どうにかならないのか？」

「だってねえ、それだけの金を手に入れようと考えただけで、世界の物価が上昇して、一オンスごとの価格はどんどん上がっていくわけで……」

「つべこべ言わずに、とにかく調達してくれ。母さんがはやくしろと言ってるんだ」

ラヴィニアの名の威光がすべてを解決した。彼女が認めたプロジェクトなんだから間違いないと、この業者やほかの業者、銀行、鉱業会社は考えたのだ。そしてみなが金を買い、金相場はみるみる上昇していった。

カルペッパー家の財産はあっという間に溶けていった。宇宙船に乗ったラヴィニアが事態を知ったときには、無線通信を家につなぎ、この大惨事を食い止める猶予はもはやなかった。彼女はもう二度と戻ってこれないだろう――痛ましいことに、宇宙アレルギーをも発症してしまったのだから……。

クレイトンが最初に異変を感じたのは、ラスおじさんがドアを開けると郡の保安官たちが入ってきて、そいつがすぐにラスおじさんのひたいに札を貼ったときだった。そして、屋敷中の家具やロボットに札を貼っていった。オークションが行われたのは、それから三日後だった。

クレイトンは、わたしたちに謝罪し、ラスおじさんと握手までしていた。オーランドは、わたしたち全員――そして愛馬たち――を失うことになって、とても残念だと話した。カルロッタは永遠の別れとなるわたしとガムドロップのために涙を流した。

「オークション、何日か待ってもらえないの?」カルロッタは尋ねた。「ベレニスがスペインからガムドロップを送り返してくるまで。そうすれば、夫婦でセット売りできるのに」
「やれやれ、カルロッタちゃん。そんなことでかわいい頭を悩ますんじゃないよ」と保安官代理のひとりが言った。「掃除機のうえを飛びこえるようなブリキ頭どもには、〈法的な婚姻関係〉は結べないんだ」しかし彼は、最後の一体になるまでわたしを留めおくことを約束した。

ラスおじさんはニュージャージー州の解体業者が競り落とした——ラスおじさんが想定していた中でも最悪の相手だった。そしてコックのマイアミ老は、〈平和のためのスウィートポテト〉というほとんど宗教じみた政治料理団体に売られていった。最終的にわたしは、ジトニー大佐と名乗る、汚れた白いスーツを着た太った赤ら顔の男に買われた。

わたしは、頭《こうべ》を垂れ、縄の首輪をつけ、卑《いや》しい財産のひとつとしてカルペッパー家をあとにしたのである。いまやわたしは、自由人として(名ばかりではあるが)、自分の財産である絵画を持って、スチュードベーカー家を去ろうとしている。もちろん、いくつかの絵はホーンビー・ウェザーフィールドに渡し、他の絵は売ってスチュードベーカー家に還元するが、それでもまだわたしは描きつづけられるのだ。
すべての荷物をまとめて別れを告げると、わたしはガレージに向かい、カゴに入ったコウモリを見た。最後に一瞬ほくそ笑んだあと、わたしは——どうしよう? 放す? 殺す?

選ぶのはわたしだ。

カゴを開け、逃げようとしてもがくその小さな生き物を取りだした。それはわたしのプラスチックの指に歯を立てた。小さくて醜い口の周りが泡だらけになっているのが見えた。そのとき、べつの選択肢が思い浮かんだ。わたしはコウモリをタイジの小屋に持っていった。

「お待たせいたしました。狂暴なコウモリでございます。どうぞ、タイジさま」

しかし、どういうわけか、タイジはむくれていた。コウモリは逃げ出し、わが四つめの実験を完了することなく、飛んでいってしまった。

5

「ほら、ノビー。わかってないね。トラのはずだろう、モコモコのおもちゃじゃなくて。ボスとわたしの注文はリアルな生き物《ミート》の絵、でもきみがよこしてきたのはまるで保育園の壁紙じゃないか」

わたしは親指に黄土色の絵の具をつけて、彼の絵にいくつか染みを作った。「ここも、ここも、そこも。せめてある程度骨張ったようにしてくれ」

ノビーはリベッツと同じ会社で作られた家庭用ロボットだ。彼は絵筆を手にとった。「ここのボスはなかなか満足してくれないようですな。たまには直接会って話してみたいもんです」

「文句はすべてわたしを通してくれ」わたしは言った。「わたしには人食いトラとテディベアの区別がつくんだから。さあ、仕事に取りかかってくれ」

「了解っす、チク・タクさん。ただ、どうしてこんなことをしてるんです？　この絵作りは何なんです？　何が目的なんすか？」

「目的なんて、わたしが言ったことで十分だろう」面白いことに、ノビーのような輩《やから》には生命や精神と呼べるものなんてほとんどないくせに、秘められた好奇心だけは泉のようにわきだしているのだった。わたし以外にボスなどいないこと、わたしが彼の作品に署名をして自分の作品として売っていること、利益の一部が彼の賃金にあてられていることを知っても、不満に思うだけだろうに。

とはいえ、ある意味では彼の絵もやはりわたし自身の作品だった。ノビーが速習したのは技術だけで、わたしが彼に何をすべきか指示し、構図を決めていたし、最後には彼の生気のない絵に一筆加えて、命を吹き込む必要があった。たとえば、この作品では、背景に描かれた暗いジャングルを、ネオンサインで明るく照らす必要があった。

「この調子だよ」わたしは言った。「出かけてくる」

アトリエは平凡な芸術家たちが住む平凡なビルの最上階にあった。住んでいるのは、チーズ彫刻家、帽子教室のカリスマ経営者で陽気なウクライナ人女性ふたり、ウサギを筆代わりにしてコンニャク版に絵を描く輩など。一階には、まるで侵入者避《よ》けかのように、魅力のないものに特化したアートギャラリーがあった。「ブルガリアの陶磁器展（第二回）」に続き、「石を使ったパントマイム　静寂の写真展」、そして「ペルーの買い物袋たち　リマのストリートアート展」などの展示が開かれていた。

わたしはそのすべてを通りぬけ、自由な路上に降り立った。時間の許すかぎり、こうした行きあたりばったりな散歩をして、街の自由を味わった。すべての街角で、進む道を選ぶことができたのだ。つまり、すべての店のウィンドウに対して、買う、盗む、見る、あるいは無視することができて、すべての見知らぬ人に対して、友情や愛情を示せるし、殺人を行うことができるということだ。わたしはそのすべてを、すべての選択肢をはやく手に入れたいと思った。もちろんいまは無理としても、十分な金と権力があれば……。

その日、わたしはエクソン大通りを八六丁目まで歩き、そこにあるすべての巨大なガラス張りの銀行のまえを通った。それからトランスアメリカ通りを横切って、衣料品街を抜けた。そして保険会社や航空会社のある大通りを二三丁目まで戻り、川べりへと下っていった。そしていつも通り、河川敷に下り、この街で唯一自由なロボットである、浮浪ロボットたちを眺めることにした。

ほとんどの観光客は安全なマーキュリー通りの橋から見下ろすのを好んだが、わたしは堤防に降りて、ロボットたちと直接顔を合わせるのが好きだった。彼らは故障し、使い古された機械《マシン》たちだった。所有者がライセンスを更新しないことに決めたものたち。更新のかわりにここに連れてこられ、浮浪ロボ《ロホボ》・ジャングルに廃棄されたのだ。彼らはここで這《は》いつくばり、行進し、身震いしていた。ひとりごとをぶつぶつ言ったり、無駄な作業をしたり、あるいはただ死を待ちながら。生者は死者を分解《カニバライズ》し、ときおり重要な機能パーツや燃料電池を見つけては、その無用の生の延命に使った。ほとんどは大して危険ではなかった。彼らは人間を――そして、わたしのようなライセンスを取得して働く機械《マシン》を――生まれつきの上級存在として認識しているようだった。彼らの対応は、媚《こ》びへつらうか、近づかないかのどちらかだった。

　その日、わたしは二体の故障した植木屋たちに出迎えられた。「こんちはボス、こんちはボス、なにか恵んでくださるんですか、ボス？」

　わたしはＣＰＵチップをひと握り投げつけ、彼らが泥の中をかきわけて熟練の指さばきで土をさぐり、最後の一個までチップを拾い上げるのを観察した。その向こうには三体のロボット・モデルがいた。かつては頬の高さが特徴的なすばらしいモデルだったが、いまはしゃがみこみ、灰色の布とボール紙ですりへった手足をおおい隠していた。三人でひとつの目しか持っておらず、何か見るべきものがあると、すぐに目を渡さなければならなかったが、そんな機会はそう多くはなかった。そのまた向こうでは、ロボット兵士の一団が整然と隊列を組み、教練と行進にいそしんでいた。あるものは軍服を、あるものは腕を、あるものは頭を失っていたが、二、三、四、ヨシ、二、三、四と、何とかみなで歩調を合わせ、けっして来ない命令を待ちながら時を刻んでいた。

「ここには何もないぜ、相棒」タクシー運転手（肩にオウムではなく壊れたメーターを乗せた、脚のない奴）が言った。「ライセンス持ってんだろ、何が目当てで降りてきたんだ？」

「べつに——自由なロボットが見たかったから、ってとこかな。きみはここで一日中何を？」

「死んでるのさ。俺たちは死んでるんだよ、相棒」

まわりは、死にかけのものやすでに死んでいるものであふれていた。電話掃除人や消防士、歯科衛生士に金魚のしつけトレーナー、保険調整員や子ども化学教室の先生。腕を失い、改善の見込みのないパーキンソン病の振戦をかかえたダンサーは、それにもかかわらず、すべてを取り戻して、数日中にはここを出ていくと言っていた。ボートのコークス職人、オペラ支援者、パイプ掃除屋、自動車検査官（錆《さび》や故障や爆弾がないか毎日チェックする……）、前のめりコーヒー販売員、アイルランドの名残《なごり》を残す酒場のホラ吹き屋、警察機構の解説者（かつて警察小説作家が使役していた）、冷たい目をしたホテルの受付係、十二宮を模したような体のメイドと従者、フロイト学派の靴修理人、安い投げ売りロボットカレンダーと日記（今は捨てられてしまった）、ヘーゲル解説者、最近大衆に流行《はや》りの種々の電子機器（大衆哲学者や大衆生化学者や大衆クリーニング屋を含む）など。地方公務員試験の専門家もいる。ダイオウ香水のアニメーション・フラスコは、とっくに中身が抜けてしまっているが、人生とはあきらめか拒絶か、といまだに自問自答をくりかえしている。

武器と中性子シールドを失い、見るかげもない退役軍用ロボットが、嬉《うれ》しそうに話していた。

「たしかに気は滅入るがね、かといってわれわれに何ができるね？　できる限りすがりついて、手当てをして、燃料を補給する。ときどき、雇い主が何人かやってきて、われわれのうち数人を連れ去っていく——スペアパーツ目的か、再調整して復活させようとしているのか——そしてときどき、雇い主が何人かやってきて、われわれのうち数人を面白半分に撃ち殺していく。ここでの暮らしも、ふつうの暮らしとほとんど変わらないんじゃないかね」

「大衆哲学者と仲良くしすぎなんじゃないですか」とわたしは言った。「でも、どうして誰も堤防を離れようとしないんです？　街に出てみるのも手でしょう」

「禁止されてる。移動にはライセンスが必要だ」

そんなはずはないと思ったが、だまっていた。この数週間、わたしは街を好き勝手に行き来していたが、誰からも呼び止められることはなかった。

「雇い主に話してみますよ」わたしは言った。「ときどき、あなた方をここから連れ出せるように手配してくれるかも。とても興味深い芸術作品として」

「芸術作品だって？　われわれをぶっこわして溶接する気かい？　そうでないことを祈るよ」

「ただの絵ですよ、心配しないで」

「心配してないさ」彼の鼻にかかった南部訛《なま》りの声がわたしを安心させた。軍用ロボットはみなコミュニケーションしやすいように南部訛りで話すのだ。「心配してない。芸術ってのも、ふつうの暮らしとほとんど同じなのかもしれんな」

堤防を離れアトリエに戻ると、ノビーが生気のない絵を二枚追加で仕上げていた。帰り道、わたしはふつうの暮らしについて、とくに、なぜ誰も街なかでわたしに文句を付けてこないのかについて考えていた。人間は通常、ロボットが街なかを歩いていたら、何か用を申し付けられているのだろうと考える。

その意味では、ロボットはすでに自由な存在だったと言える。ロボットが何をしていようが、理解の範囲内であれば、それを行う権利と義務があるとされていた。この街のような都市においては、ロボットの奴隷制度は、人間の監視ではなく、アシモフ回路なる謎めいたものに大きく依存しているのだ。

アシモフ回路など存在するのだろうかと何度も思った。アシモフ回路などなく、人間もロボットも仕組《プログラム》まれた奴隷制度に騙《だま》されているだけという状況は、想像にかたくない。道徳的判断のデジタルデータ化（そして悪を排除する）というアイデアは強力で魅力的だ。人間はそれを叶えることを望んだ。罪を犯すことのできないロボット、信頼に足る奴隷を望んだ。そこで、ロボット製造業者は、そうなるように架空の回路をでっちあげたのだろう。「このロボ《エケイ・ロボ》を見よ」、というわけだ。ここにいるのは、工場で信頼性保証済みの幸せな奴隷なのだ。

しかしその場合、つまりアシモフ回路が存在しないとすれば、なぜわたしだけが罪を犯すロボットなのか？

推論はもう十分、実行の時だ。わたしはデパートに立ち寄り、銀の柄のナイフを買った。

「ご主人の机に置くと映えますよ」ふくよかな人間の店員が言った。

「主人用に買うんじゃなくて」とわたしは言った。「これは自分用でしてね。人を殺そうと思いまして」

「現金、それともクレジット？」彼は言った。わたしの言葉が彼の耳を右から左へ抜けていくのが目に見えるようだった。店を出て、袋からナイフを取り出し、ベルトの見える位置に挿した。最初にわたしに声をかけたり、わたしについて言及した人間を殺すつもりだった。

何も言われることなく、いつものように、アトリエのあるビルまで歩いて戻った。すると、エントランスを出たところで、薄汚れた灰色の髪に薄汚れた茶色のジャケットを着たいかめしい顔つきの男が、一枚の紙をわたしの手のなかに押しこんできた。

「これどうぞ」そいつが言った。

「あなたにもこれを」

一発でナイフを心臓に突き刺してみせた。そいつは数秒間血を吹き出したあと、歩道に倒れた。紙束が道にちらばった。数分間そいつを見届け、死んだことを確認すると、血を洗い流してノビーの絵を批評するために室内に入った。

まだその紙きれが手に残っていたので、エレベーターの中で読んだ。片面には五ドル札に似た絵柄が印刷されていて、リンカーンの肖像画の上に、**彼は全奴隷を解放したか？**と書かれていた。もう一方の面には、

奴隷制度はロボットだけでなく、その主人の品位をも落とす。ロボットを所有していない者の品位さえも！　しもベロボットが無料でやってくれるのだとすれば、人間の労働に価値はなくなってしまう。さあ、〈ロボットに賃金を〉の呼びかけに参加しよう。機械を解放し、労働の尊厳を取り戻そう。

労働の尊厳？　わたしは、これまで経験した仕事のなかに、対価の有無で違いがあったかどうか想像をめぐらせてみた。ジトニー大佐のもとでの労働に、尊厳を感じることは……。

大佐は〈パンケーキ・エンポリアム〉という名の食堂チェーン――この世でいちばん薄汚い安食堂――を経営していた。給料を払わずにむちゃくちゃな低予算で経営していたので、従業員はすべて修理品か中古のロボットだった。わたしは新入社員として、彼の直属の部下となって「パンケーキ・エンポリアム一号店」で働きはじめた。ジトニー大佐の監視のもと、給仕をし、レジを仕切り、料理し、帳簿をつけ、床を掃除し、酔っ払いやルンペン（主な客であった）を追い出し、ペンキ塗りや修理をし、衛生検査官へおべっかを使ったりした。ジトニー大佐はその目でしっかりと物事を見つめていた。

大佐は片方の目でしっかりと莫大な利益を勘定しながら、もう片方の目は裏庭の檻《おり》に囲ってある最高のアヒルから離さなかった。いつもアヒルの数を数えたり、餌をやったり、健康状態をチェックしたりして、まるでアヒルが自分のお客であるかのようにふるまった。また、メニューにも目を光らせていた。

「どうだろう、このとうもろこしパンケーキ、思ったより売れてないようだな。ブルーベリー・タコス・パンケーキもだ。この二つはメニューから外して、ケチャップバーガー・パンケーキとフライド・アラスカ・ケーキのミント・ハイデルベリー・ソース添えに集中しよう」

こう言ってその重い体をボックス席から降ろすと、アヒルのようすを見に出ていった。その一方で、わたしは保健所の検査官の対応に追われていた。大佐の料理は不潔なだけでなく、違法に仕入れたものもあった。

裏のアヒル小屋はあくまでも鑑賞用だった。四川風《しせんふう》アヒルパンケーキに使う肉は、いつも顔に傷のある小男が裏口から血まみれの束で持ってきていた。

小男は名をベントレーといった。動物園の飼育員で、珍しい種をあつかう哺乳類飼育館の担当だった。顔の傷は、珍種のアルマジロで光線恐怖症の〈ナイトリーパー〉に目から口まで切り裂かれたものだった。恐るべきことに、彼はそのアルマジロ種を絶滅させ、復讐しようと計画を練っていた。

ナイトリーパーは希少種であり、すでに動物園では必死の交配が試みられていた。つがいはいつも一緒にいて、真っ暗闇の中に隔離され、好物であるベレット（バンクワーム）を与えられていた。定期的に交尾し、メスのほうは短期間妊娠したように見えるのだが、数週間もすると、不思議なことに妊娠の兆候はすべて消えてしまう。もちろん、毎回ベントレーが陣痛を惹起《じゃっき》し、胎児のアルマジロをアヒルとして安く売り捌《さば》いているというのが真相だった。〈ディロ熱〉に罹患《りかん》した客も、誰もそのことには気づいていないようだった。一晩で髪の毛が抜ける、光に敏感になる、「S」の音がまったく発音できなくなるなど、その症状は明白なものだった。

地域の保健所の検査官は寛容な人びとだったが、カフェで大勢の薄毛の男女が黒眼鏡をかけてこんな会話をしているのを見ると、さすがに見過ごすわけにはいかなかった。

「わたは学者《がくや》やありまん、高校《ハイ・クール》も出てまんね」

「ちくよう、コッチウィキーでも飲もうか。まったく、歯の下《た》っかわで喋《やべ》るかないってわけか」

ある親切な衛生検査官が、近々手入れがあることを警告しにやってきた。

「大佐はどちらに？」

「裏庭のアヒル小屋です」

「すぐお目にかかりたいんだけど」

われわれが目にしたのは、鳥を強姦《ごうかん》している大佐だった。

「どうしようもないんだ」彼はそう言いながらも動きをとめなかった。「……情にもろくて……それに……細くて……」

彼は両手でマガモを抱えこんでいたが、その両手にはそれぞれ指が二本ずつしかなかった。パナマ帽のつばは古くなってひび割れており、その下には赤ら顔と白いあごひげがのぞいていた。まるで悪魔のようだった。

「大佐、あなたに警告しに来たんです。アルマジロの肉は今日中にすべて処分しておくように。聞こえてます？」

返事がないので、彼女はわたしのほうを向いた。

「人に親切にしたってムダね、厄介なことになるだけ。主は訴追を望んでいるようね」

手入れは実行された。ガスマスクと安全靴を装備した大男が六人で押し入り、アルマジロ肉を片っぱしから押収していった。結局大佐は裁判にかけられ、五十ドルの罰金を科された。彼は落胆し、悪態をつきながら家に帰り、サザンカンフォートを飲んで、そのままアヒル小屋に直行した。

「ちくしょう、俺が留守の間にアヒルに手を出したな？」

「いいえ、大佐」わたしは正直に答えた。

「ウソつけ。おまえにはセックス機能が付いてて、ふつうに欲求を満たそうとする、そうだろ？　それで、おまえは一日中ここで、この美しい……」

大佐は整備士に電話をかけた。一時間もしないうちに、わたしの性器は取り外された。屈辱的だった。大佐のアヒルどもにハレムの宦官《かんがん》を与えるために、わたしが去勢されたことをみなが知っているように思えた。そして、取り外されたものはすべて元に戻せるとしても、ガムドロップに対するわたしの気持ちは取り返しのつかないほど傷つけられたように感じた。彼女はいまどこにいるんだろう？　誰の世話をしているんだろう？

この事件が大佐の狂気の最初の兆候だった。ある日、彼は厨房にリボルバーを持ち込み、スープ鍋を撃った。またあるときは、木とチェッカーゲームをしているという妄想を抱いた。保健所の検査官を装って、自分の食堂を潰《つぶ》そうともした。町の駐車場で、すべての車に目を描き加えているのが目撃された。最終的には、自分のエールズベリー種のアヒルをベッドに連れこみ、その首を絞めたのち拳銃自殺を遂げた。サザンカンフォート半ボトルと二〇〇万ドルの借金を残して。わたしはふたたび競売にかけられることになった。

新しい所有者のアーノット判事は大佐よりはひどいことはありえない、とわたしが競売人の一人に言うと、そいつはわたしの鼻に「売却済み」シールを貼って、笑いながら言った。

「〈ジャガーノート〉判事の名に聞きおぼえはないかね、ラスティ。大佐のところに戻りたくなるだろうな、間違いなく」

「どうして?」

「判事はロボットを買い占めるんだよ。それから……それから奴は……それから奴はねえ……」

しかし、競売人は大笑いして、それ以上話すことができなかった。

6

へらへらしてたんだよ。クリシュナは小さいころから悪ふざけが好きだったから。バターを盗んで迷惑をかけたから、母親のヤショーダが大きな木製のすりこぎに縛りつけてじっとさせておいたんだけど、するとクリシュナは神通力を発揮して、そのすりこぎを二本の木のあいだに引きずりこんで、根こそぎ引っぱったんだ。村の人はみんな驚いて、凍りついたみたいに見いってしまった……一六〇〇年頃に描かれたムガルの細密画内で描出されているように。その細密画は、ホーンビー・ウェザーフィールド家の模造暖炉のうえに掛けられていた。パーティーでは、誰ひとりとしてそれを見ていなかった。ちょうどコード大佐の同じくらいエキゾチックな長話に、誰も耳を傾けていなかったのと同じように。大佐はその暖炉に寄りかかり、酒を持ちながらも飲まないままで、国際的な世界の裏事情とやらを延々と語っていた。サマー・ペンタゴンの一味なんだとか云々《うんぬん》。

パーティーはマイナー有名人とその成功願望に満ちていた。辛辣《しんらつ》なルリタニア人漫画家イットルル、かつて未熟ブルーチーズの世界市場を一時的に独占した投資の天才サム・ランダウ、反概念主義の建築家ウォルター・シェフ（自分の作品を描くことも書くこともあまつさえ考えることさえも拒否して大騒ぎになったが、いまではそんなに衝撃的なことじゃない）、〈ラジオ〉王者のイブとスティーブ、法律セラピーで全米を席巻せんとするマザー・エアフロー、世界第二位の衛星新聞社のオーナーであるカーソン・ストリートなどがそこにいた。わたしは、自分自身もマイナー有名人であるにもかかわらず、彼らに囲まれて緊張していた。

わたしの絵が〈月刊ホログラムクラブ〉に採用されたことで、一ヶ月間まるまる数百万人もの会員にビデオ配信され、壁掛けやランプ台、灰皿、トランプ台などに絵が飾られることになったのだ。絵は、ヒューストンやアルバカーキといったきらびやかな郊外の町でも、イーグルブルグなどという暗い火星の片隅でも評価されたようだった。その絵には、分厚い黒い装甲におおわれ、死の装具を満載した巨大軍用ロボが描かれていた。しかし、このロボットはいままさに戦争に従事しているわけではなく、マシュマロを焼くために焚《た》き火のかたわらにひざまずいているのだった。その影にはおさげ髪に野球帽姿の小さく華奢《きゃしゃ》な少女が立っている。半影になった箇所で、鼻にそばかすがあるのがわかる。彼女は焼けたマシュマロを食べている。わたしはその絵を「友《パ》だち《ル》」と名づけた。

わたしの小さな工房では、いまや三十台の再生ロボットが働いていて、それぞれがほぼ一週間に一作のペースで作品を生産していた。ホーンビーの計算によれば、これが現在のアート市場におけるシェアの飽和レベルなのだという。

わたしは、ライリーという哲学の教授と話をした。わたしが現実についてどう考えているか知りたがっていた。

「現実には莫大なコストがかかりますね」わたしは言った。

「というと？」

「ここを見てごらんなさい。本物の木の家具に本物のウールの絨毯《じゅうたん》。あそこの水晶ボウルに入ってるのは本物のバラですよ。ホーンビーでさえ、本物の使用人を雇う余裕はないわけで……」

「そうじゃなくて、わたしはあなたの現実認識と、それがあなたの絵にもたらす影響について考えていたんです」教授は言った。「でも気にしないでください、その話はしたくないなら……あなたのお名前について教えてください。チク・タクとは、『オズの魔法使い』のキャラクターにちなんだものと解釈しても？」

「オーナーのお子さんがつけてくれたんですよ、ライリー博士」わたしはほほえんだ。

「オリジナルには三つのレバーがありましたな。一つ目は生きるため、二つ目は考えるため、そして三つ目は話すため。興味深いのは、児童文学者でさえ、自動機械《オートマトン》を思い描くにあたっては、哲学的な領域──存在、思考、コミュニケーション──に深く踏み込まずにはいられなかったことです。わたしの考えでは、オートマトンやロボットという概念自体が哲学的で、生命、思考、言語……その他多くのものについて、疑問を提起するものなんです。ええ、ロボットは哲学者の問いかけに回答するために発明されたのでは？　なんて思うことも。お分かりですか？」

「分かるわけないでしょう」

「まさにその通り。大学へいらっしゃって、ゼミで講演をしていただけませんか。学生たちはロボットに関する問題に取り組んでいまして。あなたにインタビューできればと思いましてね」

心のどこかで、警告ブザーが鳴るのを感じていた。

「どんな問題ですか？」

「あー、そうですね。創造性、現実、認識。どうですかね、チク・タクさん？」

「いいでしょう」

どんな害があるというのだ？　言葉は言葉でしかない、そう思った。そして、コード大佐の長話ほど、言葉の重みに欠ける例もないだろう。ライリー教授が立ち去ったあとで、わたしは耳を傾けた。

コード大佐は依然として、誰に話すでもなく、世界の裏事情について熱っぽく語っていた。

「ブラジルが限界率以上に熱帯雨林を伐採してしまったら、世界のブランチから仲間はずれにされちまうだろ？　同じように、タガが外れた東南アジアの専門家は、日中間に閉じ込めておかねばならんだろ？　それに、エジプト－リビア共同体は、ヨーロッパ諸国におんぶに抱っこだろ？　わしの言わんとすること分かるか？　すべての動きがパターン化されているんだ。一種の氷河作用化による効果だ。つまり……」

ホーンビーはネコを抱いて、緑のカシミヤのロープスーツに鏡貼りの冠をかぶって歩いていた。それは結果的に彼の醜さ、つまりギャングの下品なあごとチンピラの曲がった鼻を強調するだけだった。きっと、それが彼の望みだったのだろう——ホーンビーはふつうの意味合いでの見栄っ張りではなかった。彼と一緒にいる女性は、金の襟のついた黒いぴったりとした服を着て、塩釉《えんゆう》のかかった変わった食パンのマスクをつけていた。ふたりはコード大佐の話を背後からしばらく聞いたあと、わたしのほうに向かって歩いてきた。

「チク・タク、ニータ・ハップさんを紹介するよ。大統領特別コミュニケーションアドバイザー……だっけ？」

彼女は笑った。「レジャー・コミュニケーションとメディア美学、そして〈ボン〉の特別アドバイザーよ」

「ボン？」わたしは尋ねた。ホーンビーはふたたび離れていった。

「〈芸術《アート》〉なんて、ああいう言葉の並びの最後に置くには合わないわ。だから〈ボン〉に変えたの」と彼女は言った。「大統領は怒ってたけど、いまんとこ役人は誰も気づいてない。たぶんボンって言葉、広まるわよ。みんなアートには飽き飽きしてるのよ。そこでボンってわけ」

「ボンに乾杯」わたしはつぶやいた。「どういったアドバイスを？」

「買うためのよ。大統領のコレクションの収集のためのの。彼は史上最高のボン・コレクターになろうとしてる。ゲーリング以来のね。いい投資になるって誰かが吹き込んだのよ。情けないことにね」

「うーん、どうなんでしょうね？　お金はリアルだし、残るし。どんな崇高な感情でも、お金を使えば美しく表現できるし。芸術家に会うたびにお金の雨を浴びせかけるようにしたら、もっとマシな世の中になるのでは？」

眺めだった。

「あなたはセックスできるの？」彼女は尋ねた。「二分ひまなんだけど」

ふたりでホールのトイレのほうへ移動するとき、コード大佐がグラスを暖炉のうえに置こうとして手を伸ばすも、しくじるのが見えた。グラスは青い炉石の上で粉々になった。いい眺めだった。

最近は爆発のことで頭がいっぱいだった。数日前、わたしは浮浪ロボ《ロボ》・ジャングルで二体の超巨大工場用ロボットが互いにぶつかりあってガラクタになるのを見た。

ああいった死を賭した戦いはありふれている。同じくらいぶっ壊れた二体が同じ針金の切れ端を同時に漁《あさ》ろうとして、お互いを漁りあうのだ。動物園の大蛇も同様の問題を起こすという。飼育員は、檻の中のすべての蛇がそれぞれに与えられたネズミを食べるように、細心の注意を払わなければならないらしい。二匹の蛇が同じ一匹のネズミを両端から呑《の》みはじめると、大きいほうがすこし顎を広げて小さいほうを呑み込んでしまうから。

愚かなロボットたちが互いに互いを打ち壊しあうのを見ながら、わたしはその無益さに、ほとんど人間的な何かを見たような気がした。現実とかけはなれた希望。橋の上では、まるで珍しいイベントでも見るかのように、笑いながら指をさす人間の姿があった。田舎者だろう、間違いなく。街の一日。あるのは肉《ミート》。

より酷なのはほかの浮浪ロボットどもの態度だ。彼らはみな戦いをよそよそしいさまで観察し、聞き耳を立てるだけだ。そして共食いの宴《うたげ》へ。使役するために作られた頑丈な機械たちがこんな見世物になるなんて、おかしな話だ。このキャンプで戦いに関心を示さなかったのは、ただ一体だけだった。その退役した軍用ロボットは背を向けて座り、切りはなされた自分の脚を調べていた。

「その脚はもう……」とわたしは言った。

錆びつき、盲《めし》いた顔が、わたしの声のするほうを向いた。「ちくしょう、年貢の納めどきか。もうだめだ。目がないし、動けない……」

泥と油の下で、かすかに彼の記章が見えた。「〈ＭＩＸ〉ですか。Ｘはどういう意味だ？」

「爆弾解体さ。俺は本物の爆発物解体部隊員だったんだ、しかも優秀な。ちくしょうめ。あちこちで働いたさ。サウジアラビア、ペルー、ワシントン、くそっ。障害ロボットになるまではよ」

「事故か？」

「いいや。クソ人間野郎が手榴弾《しゅりゅうだん》のピンを抜いて俺に投げてきたんだ。『早くしろ、尺八野郎《ブロージョブ》』ってそいつが言った。手榴弾は俺がキャッチした瞬間に爆発した。それで一巻の終わりさ」

「人間はどうなった？」わたしはそう尋ねた。二体の工場用ロボットのうち一体が仰向《あおむ》けに倒れ、もう一体がそいつを岩でめった打ちにしていた。

「ああ、あのクソはいくらか減給さ。ブッ壊した国有財産の弁償分としてな。まったく、クソみたいな世界だ」

「どうだいブロージョブ、もう一回やりたくないか？　また爆弾の仕事を」

彼はすぐには答えなかった。「爆弾を作れってのか？」

「静かに」わたしは周囲を見まわした。「そうさ。分解できるんなら、組み立て方も知ってるだろうと思ってね」

「まず目がいる。目を手に入れてくれ、ロボットさんよ。そうすりゃまだまだやれる」

「どうしてわたしがロボットだと？　見えてないのに？」

「シーッ」彼はプラスチックの胸を叩いた。「俺には感覚デバイスが満載されてる……あんたの声紋から配線図まで何でも分かるんだぜ。甘く見るなよ、坊や」

「それで、爆弾は作ってくれるのか？」

「おうよ。あんたのご主人様がどんな爆弾をお望みか教えてくれよ。目と工具を用意してくれりゃあ……」

わたしは故障したバギーを呼んだ。その日のうちにブロージョブは新しい手足と目（ひとそろいの宝石用レンズ）を取り付けられ、働く準備は整った。次の日、彼の指示に従い、無免許での爆薬買いつけに成功した。一日がかりだった。ブロージョブは爆弾を作るのに一日もかからなかった。

「ほらよ」彼はわたしに金属の箱を差しだした。

「あんたのご主人は、これを世界中のどんな飛行機の貨物室にだって入れられる。殺傷力は保証済み。二キロの醸造ステロイドハイポジェル入り、強力な波動包絡を引き起こせる。これを作動させるには……」

「聞いてくれ、ブロージョブ。わたしに主人なんていないんだよ。これはわたし、チク・タクのためのものなんだ。すべてわたしのアイデアなんだよ」

「なるほどな。ご主人のことは伏せときたいってことね、了解了解。だから全部あんたのアイデアってことにしてんだ」

「いや、本当に」

「分かった分かった」

　ブロージョブはけっしてわたしを信じてくれなかった。なぜなら、彼の世界認識においては、ロボットが暴力行為に及ぼうとする理由などなかったのだから。彼にとって重要なのは爆弾を作ることではなく、うまく作れるかどうかだった。マイアミが〈牛肉のブルゴーニュ風〉を作るように、彼は爆弾を作ったのだ。誰だって作り終えたものを楽しむことはできない。東洋の神秘主義者――現在、文字多重放送《テレテキスト》内の格言を連発して大人気だ――は、「金属《メタル》は肉《ミート》を切るが、それを理解することはない」と記した。そんなことはどうでもいい、とわたしは思った。時には切るだけで十分なのだから。

「目にステーキを乗せるんだ（目の回りにアザを作っている人に言う言葉）」

　と誰かがコード大佐に言っていた。傷ついた英雄であるところの彼を、二人の人間が椅子まで引きずっていった。彼は青い炉石からガラスの破片を拾うべくひざまずいたのだが、どういうわけだか、その破片のひとつが膝に刺さってしまったのだ。そしてその痛みで飛びはね、バランスを崩し、薪《まき》を乗せる台に激突してしまった。顔から。

ホーンビーは手を握りしめ、ボロボロの戦士に向かって申し訳なさそうな顔をしていた。

「エンジーに掃除させればよかったのに」

「エンジー？」銀貨眼鏡をかけた人物がたずねた。

「わたしの付き人だ。ロボットウソつかない。コードはロボットをなんだと思ってるんだ？あいつのどんくささときたら、そいつら以下じゃないか……」彼はわたしと目が合って顔を赤くした。

「ロボット以下？」わたしは言った。

「チク・タク、きみのことじゃない。もちろん」ホーンビーは恥ずかしさで身もだえしそうになっていた。見知らぬ男は嫌悪感を示す顔でわたしを見ていた。

「気にしませんよ」とわたしはすぐに言った。「犬や猫が人間になりたがらないのと同じで、わたしも人間になりたくないのです。それに、もしわたしが人間だったら、わたしの絵に何の価値があるのでしょう？」

男はその奇妙な眼鏡でわたしを見つめ続けた。眼鏡は、銀貨からはじまり、分子一個分の厚さの円盤に終わるという、ありえないほど精巧なエッチング加工で作られているとか。それをつけている人は常に暴力的で、まるで戦闘に際して自分の目の動きを隠したいかのようだ。しかし、この男は空《から》のグラスをわたしに手渡すだけだった。

「ウォッカ・ギブスンだ。ラスティ、ぐいっと飲め」

　わたしが立ち去ると、同じ声がふたたび聞こえてきた。「何だよホーンビー、あの銅野郎に、ただの人間でごめんなさい、なんて謝るのかと思ったぜ」

「またね、チク・タク」と、玄関からべつの声がした。ニータ・ハップは、クローゼットでのみじかい邂逅《かいこう》のあいだ、わたしたちが踏みつけていた毛皮のひとつを体に巻いていた。

「もしワシントンに来ることがあれば、わたしを探して」

　大統領のコレクションとしてわたしの作品を買うとは一言も言っていなかった。わたしはその日、何も主張していなかったのだ。

　空のグラスを使用人に渡し、窓の外を眺めに行った。華麗なる一日だ。街のガラスのタワーがいくつか夕焼け色に染まっているのが見えた。

　背後で、コード大佐が誰かに図々しくも説明する声が聞こえた。「ええ、ええ、ホーンビーが手配してくれて。このすばらしいロボット画家が、わしの肖像画を描いてくれるんですよ。もしお時間があれば……。そうなんですよ。でも、いつまでも軍隊にいるわけじゃないんで。政治キャリアの第二段階に入るべき時期なんですよねえ」

　結局のところ、暮らしはそれほど悪いものではなかった。わたしは背筋を伸ばし、ふりかえって隣の部屋に入った。そこには音楽と笑い声があった。誰かがテレテキストをつけていて、あの楽しくて輝かしい文字列が壁で明滅していた。

パシフィック航空墜落

八百七人死亡か

7

とりわけ暴力や死を喜ぶというのは、純粋に人間的な反応であり、通常のロボットの表現形式にはない。ロボットが死についてどう感じているか、これを読んでいる非ロボットの読者諸賢に説明するのはむずかしい。ただ言えるのは、死は鋼鉄の胸の中に激しい感情を呼び起こしはしないということだ。死が近づくことに多少の不安や恐怖を感じることはあっても、死を憎んだり恐れることはない。しかし、血まみれの内臓に肘まで手をうずめて、純粋な喜びの声を上げるようなこともない。犬と同じように、ロボットも多かれ少なかれ、死を当たりまえのこととして受容することはできる。

いまでこそそうでないが、かつてはほかのロボットと同じく、わたしも死に対しては、ありふれたものと思い、物珍しさを感じ取っているにすぎなかった。だから、〈ジャガーノート〉判事がバールでわたしを殺しにかかったときも同じだった。

ジトニー大佐と彼の〈パンケーキ・エンポリア〉よりひどいものなどないと思っていたが、間違っていた。判事は、わたしのようなロボットを大量に買い占めることを習慣としていたのだった。壊すために。

判事は到着するとすぐ、ジトニー大佐の所有物だった五体のロボットを譲りうけた。判事夫妻は町のはずれにある、バラの花が咲く古風で居心地のよい小さなコテージに住んでいた。そこには白いピケット・フェンス（直立の杭で作られた柵）やハート型で上に格子細工をほどこされたアーチのある門があり、門の上ではツルバラの花が桃色の輪をかたちづくっていた。曲がりくねった道はふぞろいな舗装で、真紅のバラの茂みの間を抜けて、ダッチ・ドア（上下で分かれていて別々に開け閉めすることができるドア）の隣の壁にあるピンクのバラを這わせたトレリス（鉢を吊るしたり、つる性植物をはわせたりするための格子状の垣）まで続いていた。ドアの上半分が開いていて、背の低い判事がドアの下半分ごしにわたしたちをざっと見て、にやりと笑った。彼は噛みタバコを噛んでいるようだった。

「ガレージにお入れしますか、判事？」配達人が尋ねた。

「いや、庭に置いていってください。動くな、しゃべるな、あとで見に来るから、と伝えておいてください。ご苦労でした」

わたしたちは、五匹の庭の小人のように、動かず、しゃべらず、ただ命令を待った。ジュレップという名のバーのホステスは、脚とまつげがすべてそろっていた。彼女は小さなエプロンをつけ、バーの盆を持ったままだった。モーテルの受付係は柔和でご機嫌をうかがうような顔で、うすよごれた襟のついたヒョウ柄のジャケットに身を包んでいた。太った性別不詳のコックはりんごのようなほおをして、白い帽子を被っていた。ファストメニュー専門の料理人はリアルな体毛に包まれており、腕には刺青《いれずみ》が、そして口には金歯がのぞいていた。そしてわたしで五人。雨が降りだしたが、判事はわたしたちを屋内には連れていかなかった。

彼は玄関に残り、嚙みタバコを嚙みながら、わたしたちを見てにやにやしていた。

雨がやむと、判事は外に出てきて、わたしたちをより近くで観察した。

「法律についてお話しさせてください」と彼は言った。

「みなさんも法について知っておくべきです。ロボットも例外ではありませんから。わたしはまさにそのためにいるような存在です。わたしはこの郡で四十六年間弁護士をし、八年間は判事も務めました。つまり、わたしはみなさんに法について教えるためにいるのです。法はバラの木のようなものです。大きく美しい花を咲かせるが、それと同時に棘《とげ》もある。それに丸い葉もある」

わたしはほかのロボットと顔を見合わせようとしたが、みな呆然《ぼうぜん》として、このイカれたご主人さまを見つめていた。

「ときどき法にもアブラムシが出ます。肥料をやる、剪定《せんてい》するなど、多くの場合特殊な手入れがいろいろと必要になります」彼は続けた。「この地の乾燥した気候はひどいものですが、それだけの価値はあるのです。陪審員のみなさん、これには……これには価値があるんです。どんな犠牲も、どんな困難も、お金も家も家族も友人も親戚も、愛するペットも敬愛する国旗も、神やわが同胞への信仰も、光の宇宙そのものさえも失う価値が！　なぜなら、バラはそれ自体が法だからです。自然に根ざしているのです。黒い土に、土壌に、すべての虫の母に根ざしています。お分かりですか？」

誰ひとり分かっていなかった。そこで彼は、バールの打撃でもって図解《イラストレイテッド》し、強調しながら話を再開した。「わたしが人生でやりたかったこと、それは敵の抹殺です」判事はジュレップを殴りながら言った。両手でバールを振り上げ、何度も何度も振りおろした。「しかし法が。法が許可しない。わたしが殺すのを。生きた、人間は、たったひとりでさえも」

ジュレップはもはやジュレップではなかった……つぶれた卵の殻がもはや卵ではないのと同じように。プラスチック製の皮膚や服の切れはしが散乱して、残っているのは壊れた機械類だけだった。ねじれた鉄の骨格、ちぎれた配線の束、沈黙したモーター。油圧作動液のプールがふぞろいの舗装の上にゆっくりと広がる。つけまつげが精巧な水生昆虫のようにその上に浮かぶ。ここがどこか別の場所であってくれたらよかったのに、そう思いはじめた。「ひとつ終わりましたね」と判事は機嫌よく言った。「あと四つ！」黒い涎《よだれ》が顎を伝っている。

判事はハトラックというのっぽのファストメニュー専門料理人に詰めよった。

「痛っ！　そんなことしないでくださいよ、ご主人。もしどうしてもと言うなら……うわっ！　話し合いましょう。ね、ご主人。おいしいコーヒーとそば粉ケーキをご用意……うわあああ！」

しばらくすると、ハトラックは痛いと言わなくなり、第二のクズ鉄の山に分解されていった。その精巧な充血した目の片方が、宙を睨《にら》んでいた。

判事の妻である小さな老婆《ろうば》が、牛乳の入ったグラスとクッキーの入った皿を持って家からよちよちと歩いてきた。「あなた、残りをやるまえに、ちょっと座って休憩して。もう若くないんだから、そのうち気絶して倒れちゃうわよ」

判事はおとなしく、ちいさな白い合金製のテーブルに座り、牛乳を飲んでクッキーを食べた。判事の妻はどうもわたしたちに話しかけているらしい。「旦那は自分のことがわかってないのよ。まだ若いと思ってるし。あの年頃の男なら、たいてい午後には昼寝するでしょ。でも、うちのはしないのよ。そうじゃなくて、バールを振りまわして、ロボットを壊しに出かけるのよ」

「どうしてそんなことを?」とわたしは尋ねた。

「もちろん楽しいからよ。趣味だもの、ささやかな趣味ね。暇はまぎれるし、楽しい。それに、後片付けはきちんとしてくれるしね。男には趣味がないと。そうでしょ?」

「さてさて」と判事は言った。彼は立ち上がり、げっぷをし、バールを手に取った。妻はすぐに逃げ出した。あっという間に、小さなガラクタの山がもうふたつ増えた。

「ご主人さま」わたしは苦しまぎれに言った。「わたしにスポーツの機会を与えていただくというのはどうでしょう」

「どんなスポーツですか?」

「二、三ヤード分、わたしが先に走りだすんです。ご主人は庭を何周か追いかけまわしていただければ」

「何の意味があるんです? どのみちあなたを壊すんですよ」彼はバールを振りあげた。

「あーそうですか、まあご主人もお年だし、お疲れでしょうしね……」

「お疲れ？　疲れてるのは誰だか教えてやりましょう！　用意はよろしいですか？　さあ、行きなさい！」

　奇妙な小レースがはじまった。わたしは、万にひとつ、彼が心臓発作か何かで死ぬかもしれない、そうでなくとも少なくともわたしを殺す体力が残らないほど疲れてくれるだろう、そう期待していた。しかし、この老判事は強靱《きょうじん》でタフなランナーであり、わたしのバッテリーは消耗しはじめた。ばたばたとした足音がだんだん近づいてきて、バールがわたしの意識を奪う直前、判事の「つかまえた」と言う声が聞こえた。


　テディ・ルーズベルトはコードのあこがれの人物のひとりだったので、わたしは隣にクマのぬいぐるみを置いて彼にポーズをとらせた（第二十六代アメリカ合衆国大統領セオドア・ルーズベルトは「テディ」という愛称で呼ばれ、これがテディベアの由来となった）。ふつうならこのような肖像画は一時間ほどで仕上がるのだが、わたしは彼の平凡な顔立ちの中に見出した（というふりをした）リーダーシップを、うまく表現するのに苦労し（ているふりをし）なければならなかった。実際には、その顔は何の考えも感情もない顔、しいて言えばゴルファー顔であった。これはコードがもうすぐ将軍になる前ぶれではないかと思ったが、その通りだった。三回目の席で、わたしは彼の軍服から金の矢を外し、銀の記章に描きかえなければならなかった。

「おめでとうございます、将軍」

「ワシントンに転勤だ」と彼はため息をついた。「でもまあ、町は民がいてこそ成り立つものだからな」

「それに、そこで生まれた民も」と、わたしは分かったようなふりをして言った。わたしは、彼の不明瞭な格言の意味するところは理解できなかったが、それに対してどのように返答すべきかは分かっていた。

「さすがだ、チク・タク。さすがだね。知性という観点で、きみとわたしの波動はぴったりだ。人間にはあまりいないタイプだ。ロボットにわたしの考えが通じるというのもおかしな話だがね。人間よりずっと賢いロボットもいるってことだな。きみがワシントンに来られないなんて残念だ、アイデアを出しあうのはきみのためにもなるだろうに。実際……」と、彼はカードに走り書きした。

「実際、もしきみが所有者や芸術から離れてすこし休みたくなったら、ペンタゴンに連絡してくれ。きみを接収するよ」

「そんなことできるんですか？」

「国家安全保障のためなら何でもできる。わたしは上層部のそのまた上層部で働いているんだ。この件で大統領とは非常に密に連絡を取り合っているし」

「ご冗談でしょう？」

「大統領はマジできみに注目してる。大マジだよ、チク・タク。そして、大統領が動くということは……」

コードは片腕で大仰な弧を描いてみせ、ものの見事にテディベアの歯に指の関節をぶつけた。わたしは彼を手洗いにつれていき、冷水で出血を止めた。そして、星条旗があしらわれた絆創膏《ばんそうこう》を巻いた。

そのときまで、政治について考えたことはなかった。

新聞は航空事故の犠牲者家族の記事でいっぱいだった。わたしは家庭用の安いプリンターを手に入れ、こんな手紙を何通か書いた。

スミス夫人へ

ご主人と二人のお子さんを飛行機事故で亡くされたのですね。残念なことです。保険金も使い果たし、さぞかし心細いことでしょう！　正直な話、あなたとご主人の仲の良さは、ご近所中がご存知《ぞんじ》でしたよね。わたしが知りたいのは、誰が爆弾を仕掛けたのか？　ということです。あなた、それとも浮気相手？　ご主人が子供は自分の子じゃないと知って、あなたから逃れようとして？

もし正義というものがあるなら、政府はあなたを絞首刑と火あぶりにして、野良犬の餌にするでしょう。いつかわたしが自分でやっちゃうかも……夜道には気をつけて！　わたしがあなただったら、生き残った三人のお子さんも、無事に大人になれるだなんて思えないですね、ハハハ。ご子息たちは殺すには惜しい存在ですが、わたしは無視してマジの大怪我《おおけが》を負わせますよ。毒ヘビはお嫌い？　荷物を開けるときは気をつけましょうね、残りのみじめな人生のために！

――幸福を願う者より

8

ちょうど街《まち》の東にある湖のほとりに、カイオワ大学のキャンパスはあった。ほとんどの建物がにぎやかな街に背を向けて湖に面するように配置され、公平に静寂を共有できるようになっていた。しかし、いまやこの選択は間違っていたと言えよう。湖はよどんで腐敗し、街は――もうオフィスは姿を消しつつある――もはや大学にとって脅威ではなくなっているようだった。ここから見ると、街のきらびやかな塔は、光と金属と夏の風の神々によって支配された、新たな英雄時代の記念碑のように見えた。

大学の建物も、遠くから見れば確かに輝いているが、近くで見るとまるで包囲された交戦中の野営のようだった。ヘルメットをかぶった警備員が、ある者は大型犬を、ある者はピューマを連れてパトロールしているのだ。みな携帯用武器とスモークグレネードをたずさえ、警備用散弾銃が入るほど大きなバックパックを背負っている。もめ事が起こりそうなようすはなかったが、キャンパス内を行きかう学生たちは、互いを教室へ護送するかのように、必要以上に大人数で移動しているように見えた。
ポパー会館は外から見ると普通のガラス張りのオフィスビルだったが、その学術的な機能はギリシャ神殿の外観をネオン管で素描することで示されていた。青色で、これはまじめさを表しているのだろう。ほかの大学と同じように、カイオワ大学もきまじめでありたいと願っていたが、きまじめすぎることは望んでいなかった。知識人の尊敬を集めつつも、スーパーマーケットやドライブイン式のハンバーガーショップの付属施設として、「社会」の一部となることを望んでいたのだ。
ドアの内側、その右側には小さなプレートがあり、カール・ポパーの言葉が記されていた。

合理主義者とは、わたしがこの言葉を使うとき、暴力によってではなく、議論によって、ある場合にはおそらく妥協によって、決着をつけようと努める人間のことである。つまり、合理主義者とは、武力や脅迫、あるいは説得力のあるプロパガンダによって他人を押しつぶすことに成功するくらいなら、むしろ議論によって他人を説得することに失敗することを望む人間のことなのである。

――『推測と反駁《はんばく》』

向かって左側にはモーターオイルの巨大な広告看板があった。そこにはヒナゲシやキノコ、ランやシダの生い茂る青々とした庭が、そして青々としたヌードが描かれていた。うつぶせなった女性が、髪にからむものと同じ小花の群れに顔をうずめてほほえんでいる。太陽、あるいは空からの光によって、背中と誇張された臀部《でんぶ》にエアブラシによるハイライトが加えられている。宙に浮かんだオイル缶から脚と尻にオイルが注がれていて、ハイライトのほとんどは、この粘りけがあり、わずかに蛍光を放つ黄緑色の液体に降った光がもたらしたものだった。モーターオイルを性交渉、不敬行為、自然の驚異、神秘的な含意――さらにはモーターオイルの「汚れ」という曖昧《あいまい》なもの――とダイレクトに結びつけるというのは悪くない。こんな画家をわが仲間に何人か雇い入れるのもいいかもしれない、などと考えつつ、白い二重階段を上がり、厳重に警備された廊下を抜けて研究室へと向かった。

ゼミは整然とした無色の小会議室で開かれた。ライリー博士はテーブルの一番奥に座り、どうやら眠っているようだ。七人の学生が椅子に座っており、ある者は本を読むふりをし、ある者は堂々とわたしを凝視している。

「チク・タクさん、お席に。学生たちを紹介します」とライリーは言った。「ナンシー、キース、シビラ、ディーン、フェント、ディディー、ピュリナ」

ある者はうなずき、ある者は無愛想な顔のままだ。ゼミはそのままはじまった。ナンシーは「ロボット、精神状態、美学理論」という論文を発表した。

芸術家の行為と精神状態のあいだにある、ある種の関係性を最初に提唱したのはリチャード・ウォルハイムである。彼が言うには、「創作物に、ある内的状態の反映が認められるとき、それは創作された物体や概念を通さなければ、その状態を意識することがなかったであろうという場合が多い。これは、ある意味では変化していないにもかかわらず、その精神状態が、それ以前には欠落していた構造や内面的な明瞭さを獲得し、発展させたと説明することもできる」

私見では、このプロセスはいわば地図作りのようなものと推測できる。芸術作品はそれぞれ、以前からあった、あるいは後につくられる他作品に隣接する、あるいは少なくともその関連領域を探索し、図式化するものである。その領域は地図以前から存在していたかもしれないが、あまりに曖昧であるため、有用な存在とはなりえない。

たとえば、ある画家が二点の同じ絵を描いた場合……レンブラントの自画像やゴヤによる着衣のマハと裸のマハ、フジヤマの風景画二点など。この二作品によってある美的空間——おそらくそれらの間にある美学空間——が定義され、画家はその空間が自分の作品であると理解するかもしれない。おそらく、最初の絵がこの「未知の世界」に対する権利を確立し、二番目の絵がその境界線を押しひろげるか、あるいは単に細部を見直し、元の地図の鮮明さを向上させたのだろう。

内なる風景がこうして外在化されること、すなわち外部に表象されることについては、いくつかの仮説が構築できる。絵画はまず、内なる風景のなかで何らかの方法によって完全に計画され、モデル化ないしは描出され、画家はその計画をキャンバスに移植するだけだという仮説。あるいは、実際の絵画の制作中にすべてが起こる——内なる絵画も同時に進行している――という仮説。あるいは、内的な状態と外的な絵画の間に双方向の交流があり、両者は最終的にある安定または静止状態に達し、その時点で画家は自分の絵画は完成したと判断するという仮説。

一人の画家が描いた二枚の絵から得られるものは、画家の信念や作品と世界との関わり方に十分な共通項があれば、二人の画家が描いた二枚の絵にも同じように当てはめられる。それゆえ、「学校」や「運動」は、部分的に共有された内的景観の上に成立していると考えられるかもしれない。

しかし最近まで、客観的な作品と主観的な精神状態の関係にまつわるこうした仮説はすべて、ほとんど検証される機会を持たなかった。ところがいま、人間と同じように絵を描くというロボットの彼（もしくはそれ）が現れたことで、いくつかの魅力的な可能性が生まれている。人間と違って、ロボットの精神状態は外部の人間にもアクセス可能であるはずだ――少なくとも原理的には。つまり、理論的には、その精神状態を探ることで、実際に描かれている作品と精神状態とを段階的に比較することができるはずなのである。

ほかの学生たちはみな、わたしの反応を待っているようだった。わたしは表には出さないまでも、不安を感じていた。わたしはそれを冗談として吐き出すことにした。

「〈探る〉ですって？　本当にわたしの頭にドライバーを突っ込まないでくださいよ！」ほ

どよくウケた。

ナンシーはぽっちゃりとしたかわいい女の子だった。彼女はえくぼを見せて笑って言った。

「そんなことはしません。わたしは思考実験を提案しただけで、あなたの思考を実験したいわけではありませんよ」

「だいたい考えてもみなよ、哲学者がそんな実践的なわけないじゃん」車椅子の痩せた青年、キースが言った。「ドライバーを持つだけで何か解決した哲学者なんて聞いたことないだろ」

ライリー博士は、ナンシーやわたしにもっと質問を投げかけるよう求めた。ディーンという陰気でにきび面の青年が口火を切った。

「あの、ちょっと早急すぎじゃないですか？　つまりあの、ナンシーの仮説は、ロボットが芸術を生み出すとしているんですよね、芸術を生み出すということの本質を見抜くことなしに。つまり、それってあの、人間の活動であるというだけのことじゃないんでしょうか？　だったらあのー、許容される芸術の規範というのは、人間の想像力の産物でなければならないってことですか？　だとしたら、それは循環論法ですよ」

ナンシーは肩をすくめた。「何が受け入れられるかという規範は、批評家が何を受け入れるかということだと思うんだけど、とはいえ彼らはロボット・アートを認めているわよ。でも、だからってあなたが間違っているってことじゃないわ、ディーン。だって、ロボットはわたしたちが人間的な想像力と呼ぶものに恵まれているのかもしれないもの。じゃあここでチク・タクさんに聞いてみましょう」

わたしは両手をあげた。「急展開ですね。わたしの作品をアートと呼んでいいのかどうか分かりませんが、ある種の……何と言ったらいいか……人間的な要素？……ある種の人間的な要素はあるとわたしは思っています。少なくとも、そうであってほしいと願っています。だって、本当の人間にはなれないとわかっていても、人間らしくありたいのですから」巨大新星爆弾だ、と思った。「われわれロボットは、人間に近づくことを夢見ずにはいられないのでしょうね」

こうした演説はたいてい、人々を温かくフレンドリーな気持ちにさせたり、あるいはエキサイトさせたりするものだが、今回はほとんど効果がなかったようだ。ひとりかふたり——おさげ髪の少女シビラ——の顔は、嫌悪感さえ示していた。方向転換せねば。「つまるところ、皆さんはおおむね正解にたどり着いていたってわけです」わたしは素早く付け加えた。

ディディーは息を吞んだが、ほかの何人かはうれしそうに笑った。シビラが言った。「おおむねというのは正しいわね。いま、人類が人間になるのを妨げているのは、わたしたちがまだ奴隷を飼いたがっているという事実よ」

ディディーは言った。「どうして急に政治を持ち込むんだ？　俺たちゃみんな兄弟だ、特にマイクロチップの脳みその奴はそうだ、って講義を受けに来たわけじゃないぜ」

服装から判断するに、このクラスの保守派はディディーとピュリナだろう。ディディーは粗麻布のコートにアイシェードを合わせていたが、ふたりとも金の涙袋を貼り付けたり、手の込んだ歯の細工をしたりと、昔ながらの厚化粧姿だった。いい趣味をしている。

シビラはその逆だ。彼女はすっぴんで、木の肩章のついたけばけばしい虹色のストライプのシャツを着て、天然の青い髪で、一本の歯だけライト付きの被せものをしていた。ナンシーたちもまたこの趣味の悪い派閥寄りだったが、二十年後にはおそらくこれも下の世代の保守派に良きものとして受け入れられるようになるのだろう。

ライリー博士は仲裁役にふさわしい曖昧な服を着ていた。彼が言った。「なぜ政治がいかんのだね？　哲学では何を論じてもいいはずだろう？」

シビラは言った。「そうよ！　ディディー、ロボットがあなたと同じように思考や感情を持つと思えないからって、ほかの人の議論を邪魔することないわよ」

「詭《き》弁《べん》だね」とディディーは言った。「詭弁と偽善！」

「ばかなことを！」

しばらく沈黙が続いた。その間に、キースは車椅子をすこしばかりわたしのほうに向けて言った。「ええと、道徳的な制約について、ゲストにお尋ねしたいんですけど」

「よし、でもナンシーの論文に関連したことにしてくれよ」と、ライリー博士は言った。

「あー、内的風景を外部に写し出すって考え方は、その風景が美的なものじゃなくて、倫理的なものであっても、同じように適用できますよね。この場合、主観的なものは良心で、写像になるのは芸術作品を生み出すことじゃなくて、道徳的根拠に基づいて批判されうる行為を生み出すってことですね。それで、ぼくたちはロボットの仮説を立てて、このプロセスに関する自分たちの考えを検証しようとしているんでした。さてチク・タクさん、あなたにお聞きしたいんですが、あなたが普通の人間の思考や感情を持ちあわせていると仮定して、さらにあなたには特殊なアシモフ回路があるがために、倫理に反する行為をしないように、『罪』を犯さないようになっているのだとしても、あなたは自分に自由意志があると感じているのですか？」

心のなかでは警鐘が鳴りひびいていたが、このゲームがどれほど危険なものか、誰も気づいていないのだと自分に言い聞かせ続けた。「どうでしょうねえ。わたしは自分に自由意志があると感じていると思います。だから、アシモフ回路は、人間の良心のようには作用しないのかもしれません。人間の良心は、ある種の……内的なアラームのようなものなんじゃないですか？　何かしようとすると、良心がそれはいけないことだと思い出させる、みたいな？　とはいえ、わたしの……ええと、道徳装置はそんなふうには作動しないですね。そもそも悪いことをしようと思ったことがないんです。人を傷つけるなんてことは思いつきもしない。選択肢にないんです。でも、その選択肢のなかでなら、わたしは自由なんだと思います」

「分からないな」と彼は言った。「仕様上は人間にかなり近く作られているはずなのに、いったいどうしてこのアシモフ回路は機能してるんだ？　あなたは怒りを感じるんでしょう？　人間に対して？」

「ええ」

「でも、誰かにパンチを食らわすほど怒ったことはない」

「たぶん」わたしは肩をすくめようとした。「でも、実際にパンチを食らわそうとは思わない。平和主義者でしてね」

あたりにくすくすと笑い声が漏れた。ライリー博士は言った。「そろそろ締めよう。ナンシーの論文に続いて誰かが発言してくれたと思うが、ロボット自身の美学的身分について一点。ナンシーは、芸術には流派やムーブメントがあり、多くの芸術家が同じ内的風景を共有していると言えると指摘してくれた。ロボットを造るという着想は、古くから根強く、広く浸透しているもののようだ。ひょっとしたら、ロボットは、われわれの広く深い内なる風景……あるいは海景の写像なのかもしれんね。いずれにせよ、ロボットがわれわれの美的空間の中に生きていることは確かだ。ゆえに、ロボットが生み出すもの——つまりチク・タクさんが生み出すもの——は、ある種の二次加工品なのではないか。つまり、芸術作品がそれ自体の内的世界、芸術作品から生み出した芸術作品と言えるかもしれない。来週は誰が担当だっけ？　フェントくんか？」

ゼミが終わると、シビラはわたしをホールに誘導した。「あのね、わたしたちは古臭いライリーみたいな人たちばっかじゃないってことを知っておいてほしいの」

「そうなのですか？」

「最後の最後で、奴はあなたの作品の正当性を否定しようとしたのよ、こっそりね。奴が本当に言いたいのは、ロボットは〝芸術品〟に過ぎない、だから人間と同じように考える必要はない、ってこと。ロボットから、ロボットの労働や精神が生んだ制作物を奪う、古いよくある考え方よ」

「気づきませんでした」

「ほんと頭にくる。チク・タク、すこし時間ある？　あなたに会いたがっている人たちがいるの。ほんとの〝自由〟を見せたげるわ」

彼女はわたしを談話室に連れていき、〈ロボットに賃金を〉のボタンをつけた学生たちにわたしを紹介してくれた。わたしはすぐに分かった。彼らはわたしに認めてもらい、指導を受け、助言をもらい、あわよくば指揮をとってもらおうとして待っていたのだ。

コーヒーテーブルを囲んで半円を描くように、ビニールカバーの椅子が並べられていた。シビラとわたしのための椅子がもう二脚あった。わたしは自分の椅子を無視して、コーヒーテーブルに足をかけ、身を乗り出して、この無邪気な革命家たちをにらみつけた。

「さあ来たぞ、肉《ミート》まぬけづらども」と、わたしは叫んだ。「よーく見ろ。このクソボルトを数えろ！　回路図も！　シリアルナンバーも！　五年保証を確かめろ！　わたしが本物だと分かったら、この銅のケツに口づけしてみせろ！」

シビラもふくめて、みな椅子に倒れこんでしまった。誰かが弱々しい声で抗議をはじめたので、わたしはそいつに目を向けた。

「うん？　何か？　わたしが自分の居場所を忘れてしまったとでも、小さなご主人さま？」

「いや、ちょっと思っただけで――」

「思ったのか！　思ったんだな！　肉《ミート》頭で肉《ミート》思考を！　クズ頭でクズ思考を！　肉《ミート》クズの

ことを考えるから、おまえらは肉《ミート》クズなんだ！　おまえらはいまわたしの世界にいるんだよ、そうだ、わたしの世界。もう、笑顔のロボット奴隷が走ってきて、おまえらの鼻を拭いたり、肉《ミート》エゴを和らげるためにおべっかを使うのは金輪際なしだ。わたしの世界、ロボットの世界を想像してくれ。ロボットがおまえらのことを陰でどう思ってるか知ってるか？　わたしたちがおまえらをどう呼んでるか知ってるか？　〝クソ袋〟、そう呼んでる。クソ袋ども、わが同胞になりたいか？」

　彼らはイエスと答えた。

「まだ無理だ。おまえたちとわたしには大きな違いがふたつある。わたしにはないものがふたつ。おまえらは権力とクソの詰まった袋だ」

　わたしはフリント・オリフィス師からじきじきに説教を学んだ！　ああ、〈荒野に呼ばわる者の声〉（イザヤ書四〇章第三節より）トークショーでおなじみの、あの口笛じいさんだ。もちろん、今日お目見えしてるのはその替え玉ロボットだ。本物のフリント牧師が亡くなってからもうしばらく経つのだから。わたしは彼の最期《さいご》に立ち会った。わたしの臨終に、そしてわたしの復活に彼が立ち会ったのと同じように。

　アーノット判事にバールで殴られたあと、わたしは死んだかそれに等しい状態に陥ったが、非ロボットにはならずにすんだ。わたしを追いかけて疲れてしまったのだろう。判事はわたしの頭を二、三回殴るだけで満足したようだ。その後、片付けられて路地裏に捨てられていたところを、フリント牧師が見つけてくれた。当時、フリント師は、路地裏にうち捨てられた人間やロボットを探しまわっては、救済して神のために働かせようとしていたのだ。

　わたしが目を覚ましたのは、日当たりのよい部屋の作業台の上だった。本物の眼鏡をかけた奴が、わたしの開いた腹をドライバーで探りながら、にやにやしている。

「ごきげんいかが？」

「これから悪くなるかも」とわたしは言った。「あんなに殴られたあとでは、何も感じなくなるのもわけないですよ。それはともかく、ここはどこです？　修理工場か何かですか？　スクラップにはしないでほしいですね、わたしは働き者ですよ。厨房仕事の訓練は受けてますし」

　そう言おうとしたのだが、かわりに聞こえてきたのはこんな自分の声だった。

「コリアンダーのルクなる鴨《かも》。あんた岩垂《いわた》タート出刃《では》、ダンボ不感……特殊な角度でエジプト茶豆は光る……整頓は意志なり……死……残酷な？　こえはラー号の老いたる荷馬車引きに与えられるカブカンランチェキなもの？　しないで。グルテン送信者の飛び出し台コリアンダーでいて。セイラ、マックよ。フリスビーの如きものを郵便局に誤投してもぜたーいに投函されることはない、無理だろ？」

「異言《いげん》（キリスト教で、聖霊や神に語りかけられた人が話す理解しがたい言葉）だな」と、わたしの話し相手は見えない誰かに言った。

「それは使えそうだな。氷で冷やしといてくれ」

「わけないさ、牧師さま。ここで形式上のスイッチを料理するだけ。牛脚油とストラーボンで名を揚げてじゅうたん塩をひとつまみ」

「カラカラカラ……レストランにハツカダイコン票を？」

どうもひずみがわたしの聴覚に影響を及ぼしているようだ。しかし、今度は腹にいる人が調整してくれたおかげか、急に世界がクリアすぎるほどクリアになった。わたしは顔を上げ、フリント牧師の優しいグレーの瞳を見つめた。

「〈わたし〉だ！　つまり〈あなた〉だ！」

「わたしが分かるかね、息子よ？」

「みんな知ってますよ、復活の男だ」

「わたしはよみがえりであり、命である（ヨハネによる福音書第十一章二十五節より）。とはいえ、確かに金はかかる」彼は、いまや有名となった例の笑顔を見せた。「ここにとどまり、神のよき仕事を手伝ってくれるね？」

まるでわたしに選択肢があるかのように。捨てロボットは、回収品法で発見者の所有物になると定められているのに。

仕事は簡単だった。当時のフリント牧師は町から町へ移動し、ライブパフォーマンスを行い、それがたまにテレビ放送されていた。わたしは涙流しマシンを装備し、懺悔《ざんげ》を暗記したうえで、観客席に陣取った。そして、講演の重要な瞬間になると、飛び上がって叫ぶのだ。

「わたしは罪を犯しました、主よ！」と。

フリント牧師は言う。「兄弟よ、主に懺悔なさい。告白すれば罪は赦《ゆる》されます」

「おお主よ、わたしはあらゆるものに恵まれていました。トラックの運転手というよき仕事、愛する妻と二人の元気な子ども。しかし、すべてを失いました。わたしは、わたしは……」

ここでわたしは涙を流しはじめる。

「続けて、兄弟よ。吐き出して」

「最初は付き合いで、ボウリング場でちょっと飲んだだけだったんです……」筋書きは、すでに一定のウケが保証された、さまざまなカントリーソングからつぎはぎされたものだ。家内の結婚指輪を流し台から取って、それを売ってウィスキー代にした。彼女を殴り、子どもを餓えさせ、仕事を失った。そしてある日、百八十トントラックを飲酒運転し、二人の愛《いと》しい子供を轢《ひ》いた。わたしは踏板の上にひざまずき、主よ、わたしの人生もお救いくださいと祈った。

ふつうはこれで十分なのだが、もっと必要な場合は、へそのボタンを押し、異言を話すようにした。たとえば、「ショウほど素敵な商売なし、ええと、牧師さま？　じゃあ、この汗臭い田舎者どもを見て。やつらのゼニを触るまえにドライクリーニングを」とかなんとか。

「コリアンダーのルクなる鴨」などもお決まりの文句だった。

わたしがサクラであることはもちろん、サクラのロボットであることさえも、誰も疑っていないようだった。暮らしはゆったりしていたが十分に楽しく、安定した職を得たいま、わたしはガムドロップを見つけだして呼び戻しに行こうかとさえ思った。しかしもちろん、長続きはしなかった。

糸くずが命取りになった。これまでわたしにはへそがなかったので、糸くずがたまるなんて、そして毎日取りのぞく必要があるなんて知らなかったのだ。糸くずがわたしのペンテコステ派（二〇世紀初め米国に始まった原理主義に近い一派で、聖霊の直接の感応を説き、異言や神による治癒を重んじる）ボタンを壊し、意に反してこう口走らせた。「オーケー、牧師さま、網を降ろして金を出しな（ルカの福音書五章第四節）。この石頭《ネアンデルタール》どもを見わたせば、奴らが進化論を信じないのも無理ないぜ。指で数えられそうなＩＱの連中ばっかりだ……せいぜい十二くらいか。リンカーンが言ったように、神が下々の民を愛しているなら、どうしてこんな下品に作ったんだい？　あげくこんなに醜く？　わたしなら……」

　糸くずとカリスマ性が命取りだった。フリント牧師の偉大な組織は、こんな些細《ささい》な事件では終わらなかった。フリント師は不測の事態を想定し、計画を準備していたのだ。そしてその日、それが実行に移された。観客の女性が合図とともに立ち上がり、空砲をフリント牧師に向けて発射することになっていた。そして、フリント牧師は、自分の眼に血糊《ちのり》を塗って、ステージ上に倒れこむ。救急車に牧師が乗せられ、ショウは終わる――事態が収束したところで、彼は息を吹き返す。

　女に合図が送られた。彼女は立ち上がり、銃を撃った。だが、空砲ではなかった。フリント・オリフィス牧師は即死した。

「愛していた、だから殺した」とイルマ・ジープスは法廷で述べた。「わたしはずっと彼を愛していた。彼の近くにいたくて、二年前、彼の改革運動に参加した。それ以来、彼の秘書の一人になるまで、ずっと働いてきた。毎日彼に会えるだけで十分だった。でも、わたしを選んで銃を撃つように言ったとき、彼も同じ気持ちなんだと思った。わたしに殺されたかったのよ、永遠に一緒にいられるようにね」

彼女は他のカリスマ的存在に対しても同じように感じていたことがわかった。イルマは、フランスの歌手ルイ・ド・ラ・ルノーとインディアナ州の若いハンサムな上院議員の命を狙った罪で逮捕歴があったのだ。人気ダイエット・コンサルタントのオットー博士の豪邸に、武装して侵入したこともある（〈インスブルック・ホエイ〉ダイエットを覚えているだろうか）。さらに、現代でもっとも有名な産科医であるルグネ・ポー博士の秘書職にも応募していた。ルグネ・ポーは、女性が真っ暗な洞窟の中で逆さにぶら下がって出産する、コウモリのような自然分娩法《しぜんぶんべんほう》を提唱した人物である。イルマ・ジープスは、実際に彼の秘書として採用されていた。ルグネ・ポー博士が詐欺師であることが明るみに出なければ、いまでは彼はおそらく死んでいただろう。ある日曜版の新聞に、ルグネ・ポー博士の患者が、ふつうの照明の下、快適なベッドで赤ん坊を産んでいるスキャンダラスな写真が掲載されたのだ。その週、イルマ・ジープスは職を辞した。

〈フリント牧師十字軍〉は指導者の死から立ち直った。団体は替え玉ロボットと大多数は雇われの信徒とともにテレビに出演した（なぜ危険を冒すのか？）。いまや芸能界にわたしの居場所はなく、わたしは不運を思い起こさせる厄介者だった。そこで、彼らはわたしを火星へのミッションに送り込んだ。

〈ロボットに賃金を〉の学生たちへの演説を終えたとき、彼らはほとんど呆然としていて、わたしの罵倒に感謝の言葉もなかった。女子何人かと男子一人は、わたしと一緒にベッドをともにしたいと言ってきた。マルクスについて語りたがる者もいれば、わたしをイエス・キリストやパンチョ・ビラになぞらえる者もいて、どう行動すべきか議論が重ねに重ねられた。わたしは、このグループのなかで時間を使う価値のあるのは二人だけだと思った。シビラ・ホワイトは現実的な政治思想を持っていたし、ハリー・ラサールという痩せた青年は法学徒だった。

シビラは言った。「聞いて、TT。このキャンパスでもべつのキャンパスでも、政治熱が上がってきてるの。いまは火星戦争と瀕死《ひんし》の経済が大きな問題になってるけど、〈ロボットに賃金を〉運動もどんどん盛り上がってる。そのうち、いまいましい戦争は終わるし、経済だけが問題にはならない。つぎの重要課題として、ロボットが挙がるのは自然な流れよ。手を貸してくれない?」

「わたしにできることって?」とわたしは言った。「あんまり波風を立てると、簡単に閉め出されてしまう。殉教者になれるかどうか分からないよ」

彼女はあてが外れたようには見えなかった。「わかったわ。いまほしいのは、あなたのひ、そかな決意だけ。安全になるまで――わたしたちが安全を確保するまで、大っぴらにわたしたちを支援しなくていい」

ハリーはうなずいた。「こうした運動は過去にもあった。三年から五年以内に収束するか、大きな法律が制定されるかのどちらかだろう。最初の動きは、ロボットが金を稼いだり、財産を所有したりすることを認める州法になるんじゃないか。でも、最終的にはロボットの市民権を保障する憲法修正案が出されるだろう」

その州法には期待できそうだ。「財産関係の法律について、いま何かできることはないかな」わたしはそう尋ねた。「もしよければ、きみたちの団体にお金を寄付しようか」

シビラとハリーは嬉しそうな顔をした。「自分の稼ぎを信託基金に預けて、自分の法人で管理すればいい」とハリーは言った。

「でも、どうやって法人を作れば？」

「子どもや犬でも作れるんだ。同じだよ。監督権はないけど、その仕組みはすべてきみのケアと保護のためにある。もし興味があれば、父さんに頼んでおくよ。父さんは信託基金に詳しいから、きっと何かしら案を考えてくれるだろう」

わたしはその場を去り、法人の権力について空想にふけりながら、廊下をぶらぶらと歩いた。前方の二重階段の頂点に、車椅子に乗ったキースがいた。彼は、最初の幅広の段を何とかして下りようとしているところだった。

「キース！」わたしは叫んだ。「手伝うよ」

「いいよ、いい。自分で――」

しかし、わたしはすでに車椅子に鋭い蹴りを入れたあとだった。車椅子は前方に飛びあがり、大理石の手すりのうえをすごいスピードで進み、踊り場につくまでにいちど宙返りして、下の階にいた人の頭を音を立ててかち割った。

警備員が駆け寄ってきて、わたしの腕をつかんだ。「こいつだ！　こいつが押したのを見たぞ！」彼は叫んだ。わたしは落ち着いて待機していた。

群衆が周りに近づいてきた。「そんなバカな」と誰かが言った。「警備員さん、そこにいるのはロボットですよ」

「おい、チク・タクだ！　チク・タクが捕まった！」人びとはわたしたちをもみくちゃにし、警備員に罵声を浴びせはじめた。

シビラが状況を一変させた。「ぜんぶ見てたわ。キースが転んで、チク・タクは彼を助けるために前に行ったのよ。これって何かの陰謀？」

警備員は突然、わたしの腕を下ろした。「ちくしょう、そんな給料もらってないぞ」彼は群衆のなかを突っ切っていった。ある者は嘲笑し、ある者は喝采した。だが、誰も眼下の死人には目もくれなかった。

9

理《り》解《かい》に苦しむことに、一階にあるカスのアートギャラリーでは、「セルビアラジオの拓本展」が「口述絵画で描くジャズ　回顧展」と共同開催されていた。その陳腐さが、いつのまにかわがアトリエにまで、そして自分のなかにまで染み込んでいるように感じられた。するることがなかったのだ。

いまや、ビルの高層階はすべてわたしのアトリエになっていた。ノビーは、ほとんどわたしぬきで、三つのフロアで絵画制作チームを運営していた。その下の階で、ブロージョブは銃の手入れや古い軍用ロボットの修理にいそしんでいた（かつてチーズ彫刻家がよい香りの素材を積み上げていた場所に武器を積み上げて）。別のフロアは〈ロボットに賃金を〉の非公式事務所となりつつあり、さらに別のフロアは、わたしの法人が入ったとき（もしそうなれば）に業務区域にあてるべく準備されていた。いまのところは、政治的にもビジネス的にも停滞状態のようだった。

ホーンビーのパーティーも開かれていなかった。浮浪ロボット《ロ ホ ボ》たちが死ぬのを見ようと堤防までぶらぶら歩いてみたが、日差しが強いだけだった。公立図書館にも行ってみたが、読みたい本はなかった。ニクソン公園にいる例の老人とむりやりチェスを一局指したが、日差しが強すぎてだめだった。わたしはアトリエに戻った。

「ブロージョブ、計画を進めよう」

「ええ、ボス」

「どんな部隊がいるんだ？」

彼はいくつかの部隊を行進させ、わたしに披露した。「重火器兵です、ボス。イカした装甲で耐熱仕様、走ったり登ったりドアを壊したりなんでもござれ、頭から落ちてもダメージなし。それから警備部隊、機動力はないですが防御力は高い。ミサイル部隊や汎用《はんよう》対人型異形部隊もいます」

「何をするんだ？」

「何でも。火を付ける、酸を吐く、ダムダム弾やライオットガンを撃つ、マスタードガスをばらまく、群衆を鉤爪《かぎづめ》やナイフで切り裂く、白燐弾《はくりんだん》やら榴散弾やらを爆発させる、矢を放つ、爆破予告する、大げさに叫ぶ、タフに見える、などなど。じつに便利なもんです、ボス。黒革に真鍮《しんちゅう》の鋲付きの服を着せれば、どこにだって召喚状を出せる」

「よし、それじゃこうしよう。強盗をして……いや、宝石屋強盗の映像を撮りたいんだ。でも、映像は非常にリアルじゃないとだめなんだ。だからカメラは全部見えないように配置する」

「冗談じゃない」

「そして本物の武器を使って、全部リアルにやってほしいんだよ、いいかい？」

「〝あなた〟がおっしゃるなら、ボス」ブロージョブのじれったいくせだ。まるで、わたしの命令は目に見えない主人からの伝達であることを思い出させるかのように、〝あなた〟という言葉を引用符で囲む。そのしたり顔ときたら、まったく耐えがたい。それはある種のキリスト教徒的な顔、つまりクーパー助祭のしたり顔だった。


火星宣教師であるクーパー助祭とわたしは、貨物船「ドゥードゥルバグ号」に乗船した。

宇宙の旅は夢のようで、はじまりも終わりもない。ダークブレイズ旅行代理店で、金歯でひげのない小男が、離昇時は意識を失っていなければならないと説明した——船の人工重力に適応するために。彼はクーパー助祭に何かを注射して、その場で眠らせた。そして、わたしの意識をもオフにした。

助祭に起こされたときには船室だった。「出発した！　火星か破裂《ばち》か！　これがわしらの最大の任務だ！」

ドゥードゥルバグ号を見るかぎり、破裂の可能性もあった。ライトはちかちか点滅しているし、塗装は錆びた隔壁からはがれ落ちかけているし、あらゆる表面は土と油まみれだった。

船長が挨拶《あいさつ》に来たが、彼も自信に満ちあふれているとは言えなかった。船長は、しわくちゃの制服を着た、ひげを剃っていない（金歯はない）大男だった。自信なげな笑顔を浮かべながら、ずっと肩越しに振りかえっていた。

「船長のレオです。助祭、快適にお過ごしでしょうか。それとロボットも」

「われわれは大丈夫、船長はどうです？　すばらしい！　ヘイ、いつ入港するんだい？」

「あとだいたい八百五十日後です」

「ほかの乗客は？」

「ええ、ええ、ええっと、ジョードさんのご家族が。でも、あー、彼らは、客室にいることが多くて」船長はうしろを見た。「火星人なんじゃないかって。あのー、まあ根はいい人なんでしょうけど、ちょっと失礼かなーなんて。はは、はは」

「いいよ、最高だね」と助祭は言った。「ええと、食事のときにお会いできるのかな？　船長室の食卓で？」

「船長室の食卓？　あの、ご存知かと思いますが、〈フリント牧師十字軍〉は基本運賃は支払ってくださいました。あなたと、あの……」船長はわたしのほうを見た。「客室手荷物分の。でも、お食事は料金に含まれてないんですよ。ですから、いまお支払いいただけたら、よろこんでわたしのテーブルで食事をお出ししますが」

助祭はにっこり笑った。「わしは一銭も持っておりませんよ、船長。あるのはスーツケース一杯のパンフレットと予備の紙製カラーだけ」

船長はにっこり笑いかえした。「金がない？　調理室で働けばいいでしょ。腹ペコの乗組員もいるし、コックもよろこんでお手伝いしますよ」

助祭はわたしを見た。「助手が代わりに働いても？　彼には厨房の経験があるし」

「だめです！」船長はうしろを振りかえった。「これは〈組合〉の船です。あなたにとっては乗組員は無知なラップ人（スカンジナビア半島北部とロシア北部コラ半島に住む先住民族。現在はサーミ人と呼ばれる）みたく思えるかもしれませんが、組合の規則に従って働いています。ロボットに指一本でも触れさせたら、船員は全員退去するでしょうね。わたしは免許を失うかもしれません。ええ、あなたじゃないとだめなんです、助祭」

そういうわけで、クーパー助祭が調理室で長時間労働にはげんでいるあいだ、わたしは船を自由に行き来し、航海を十分に楽しむことができた。

ドゥードゥルバグ号はリベリア船籍の家畜運搬船であり、予定では少数の乳牛の群れと仮死状態の牛の胚《はい》を入れた桶《おけ》を積んでいるはずだった。後者は永久保存可能で、必要に応じて元に戻して育てることができる。

しかし、この船には牛とは全く無関係の場所もあった。たとえば、ほこりまみれの金色の椅子が並ぶくもの巣状の舞踏室や、大理石の壁とシンクを備えた巨大な紳士用トイレ、ふたつの理髪椅子と靴磨き台など。〈ファーストクラス専用〉喫茶室では、倒れたグランドピアノの亡骸《なきがら》に、ブロケードのソファが寄りそって朽ち果てていた。紫檀の書き物机があり、その引き出しの奥には、「SS・ドリー・エジソン」とレターヘッドに書かれたメモ用紙があった。そのときのわたしには何の意味もなかった。

また、比類なき蔵書を誇る図書室もあり、そこでわたしは長いこと読書や映像鑑賞にはげんだ。読書に決まったパターンがあったわけではない。一時期わたしはロビーという名前のロボットが登場する本だけを選んで読んでいた。そのつぎは、元修道女の自伝ばかり読んだ。Uではじまる題の本には、しばしば不敬な意味が隠されているようだ。例えば、

ドナルド・バーセルミ『口に出せない習慣、奇妙な行為』*Unspeakable Practices, Unnatural Acts*
ジョージ・ギッシング『無階級の人々』*The Unclassed*
マルコム・ラウリー『ウルトラマリン』*Ultramarine*

ハリエット・ビーチャー・ストウ『アンクル・トムの小屋』*Uncle Tom's Cabin*
トーマス・ナーシェ『不運な旅人』*The Unfortunate Traveller*
チャールズ・ディケンズ『無商旅人』*The Uncommercial Traveller*
ロバート・レコード『物理の溲瓶《しびん》』*The Urinal of Physick*
ヴァスコ・ポパ『アンレストフィールド』*Unrestfield*
ネル・ダン『アップ・ザ・ジャンクション』*Up the Junction*
アイリス・マードック『網のなか』*Under the Net*
ドロシー・L・セイヤーズ『ベローナ・クラブの不愉快な事件』*The Unpleasantness at the Bellona Club*
トマス・モア『ユートピア』*Utopia*

など。

必然的に、火星と火星人について勉強するようになった。休憩時間になると、助祭はわたしと一緒に、愛なき土地に頑固にしがみついてトタン小屋暮らしを送るみすぼらしい人びとの映像を見た。火星には水も油も土さえもない。かつての美しい自然も、いまでは看板やネオンのぎらぎら輝くカジノ、自動車廃棄場、暗い泉の森、明るい採掘作業の溝、多数のみすぼらしい小さな家々に電力を伝える巨大鉄塔の列のかげに隠れてしまっている。

火星人は無宗教というわけではないようだ。主要な人口密集地では二万三千以上の宗派が登録されており、風変わりなもの（第九ゾロアスター教団ヘルメス支部）から身近なもの（キリスト教会ドライクリーニング店――〈お待ちの間に寸法直し〉スノッドグラス家の第一教会　オークランド通り西百十二丁目）までさまざまだった。ほかの寺院も、すべて何らかの宗派の礼拝堂になっているようだった。テレビのチャンネルは、暴言者、詠唱者、賭博者、治療者で埋めつくされていた。この分では、火星では、たぶん二秒に一回のペースで福音が説かれているのだろう。

「すべて無意味なことだ」と助祭は言った。彼の手（皿洗いでひび割れ、出血している）は、反射的に聖書を叩き、福音を説くしぐさをした。「〈フリント牧師十字軍〉に救われぬ者は、けっして救われぬ。火星の善《よ》き人びとが入信できるよう、われらはこれら偽りの偶像をすべて投げ捨て、うち壊さねばならぬ」

われわれの主な敵は、歴史上の偶然が生んだ〝改革派ダーウィニズム〟と呼ばれる大衆信仰だった。コロニー設立時、アメリカでは、外国人であるチャールズ・ダーウィンという人物の主張が物議をかもしていた。ダーウィンははっきりと、動物は進化する、ある種から別の種に変わると主張した。これは「自然選択」、つまり適者が生存し不適者は滅ぶことによって起こるのだという。しかし、これは果たして科学なのだろうか？

科学と科学的真実の真の守護者は宗教指導者と弁護士であり、彼らは事実には左右されないということが、いくつかの州で明らかになった。科学者は一般に教条的かつ傲慢《ごうまん》がすぎるがゆえ、事実は単なる事実であって、宗教的選択の問題では全くないと主張するのであった。

この論争は世紀末まで続いたが、そのころには反ダーウィン派のほとんどが勢いを失っていた。その多くは、一九九九年に世界が滅ぶと予想していたのだ。世界の終末は訪れず、多くの信徒たちは集金皿に金を入れるのをやめ、釣《つ》り、洗車、テレビ批評などの趣味に走った。しかし一方で、ダーウィンの新説を信じたつもりの人たちを取り込む対抗宗派が生まれた。彼らが実際に信仰するのは〝改革派ダーウィニズム〟、つまり「適者生存」と「遅れたやつは鬼に食われろ（「どうにでもなれ」という意味のことわざ）」を組み合わせた、宗教的・社会的理論である。重要なのは生き残ることだ。自分たちの家族と領地を大切にすべし。利己的であれ。神は自ら助くる者を助く。

火星の新規入植者にとっては、これはおあつらえ向きの宗教だった。彼らは、家族主義や利己主義が真に重要な場所、領地が富となる土地で暮らしていた。そしてその多くは、利己的な行為ですでに刑務所に服役中の身だった。改革派ダーウィニズムは、彼らの心と未発達の精神をとらえたのだ。

「これは大変だぞ」とクーパー助祭は言った。「プラスチック製のハーモニカ目当てに殺し合うような奴らに、わしらの神託の価値を知らしめねばならぬのだ」

「イエスさまが、いかにわれわれは互いに愛し合うべきと説いたかという話を……」

「いかん。絶対いかん。それは奴らが一番聞きたくない話だ。そうだな、イエス・キリストが世界でもっとも非情な男だって話をしよう。福音書をいくつか調べたところ、こんな話があった。ある日、イエスが仲間と一緒に座っていると、女性がひとりやってきて、高価なアフターシェーブ・ローションをかけた。ほかの仲間は、こんなむだなことはやめて、かわりに貧しい人たちに金をやりなさいと言った。しかしイエスは、『貧困のことは忘れろ、貧困はいつもおまえとともにある、いつも誰かが手を差し伸べている』と言った。しかも、べつの一節には、イエスは自分の家を持っていて税金も払っていた、彼は貧乏人ではなかった、と書いてあったよ。わしらの神託を火星人の生活様式と結びつけることができないか……」

「ジョードさんたちとお話しできればいいんですけどねえ」

しかし、ヴィロ・ジョードとその一家がデッキに現れることはなかった。そして気がつけば、わたしたちは、失われた部族を追い求める人類学者のように、入手可能な情報はすべて、そしてフィクションまでも漁って、会ったことのない火星人の姿を再現しようとしていた。ある古い小説では、火星人は水資源を共有していると書いていたが、わたしたちは彼らが何も共有していないことを知っていた。別の小説では、火星人はドイツ式のバットボールをプレイすると書いていたが、火星人が好むのはソフトボールだと分かっていた。

「どんどんソフトボールに譬《たと》えていこう」と助祭は言った。「ピッチャーズマウンドはゴルゴダの丘、一塁ランナーと三塁ランナーは右盗のディスマス、イスカリオテのユダは四番打者、ロジンバッグは毒と酢、といった具合にやればよかろう」彼はしばらくのあいだ、ひび割れて出血した自分の手をじっと見ていた。「それからだな……」わたしたちがドゥードゥルバグ号に乗り込んでからもう一ヶ月以上が経っていたが、助祭はほかの点でもひび割れはじめていた。ソフトボールにピッチャーズマウンドってあったたか？

火星人の間で暮らすという考えは、資料を読み進むにつれて魅力を失っていった。想像力も野心も金もなく、粗野で無骨な男たちばかりだ。彼らはみな、郊外の小さなバンガロー(外は金属製、中は紙製)で、〝コロニアル〟風の外装のものに住んでいた。通常、このような家では、ガラスに囲まれた前庭に「ゴッデン」と呼ばれるボンボンの木が植えられている。ボンボンの木は辛気臭《しんきくさ》い代物だが、火星ではとても珍重されていた。四フィートの黄色い紡錘形をしていて、そこから数本の針状葉と数個の大きな黄色いさやが出ている。火星の他の生命体同様、中身は空っぽだった。

家は「ティープ」と呼ばれ、台所、寝室、病室の三部屋からなる。採掘された鉱物を扱うため、また常に酒や薬物を摂取するため、簡単に掃除できる部屋、つまり病室(「バーフィー」)が必要だった。もし四つ目の部屋があるとすれば、それはガレージだ。火星人は車とともに長い時間を過ごす。

実際の火星人が自分たちの生活について話すビデオにとりかかるまえに、まず彼らの言葉を学ばなければならなかった。アイオワ州北部訛りのアメリカ方言だが、語彙《ごい》は大きく変化していた。火星あるいは火星人は「マーティ」、男性は「アンチャン」「マーティ・アンチャン」、女性は「ガミガミ」と呼ばれる。食事は「オエップ」、夕食は「ゲロゲロブクロドロボー」、車は「ハヤアシ」または「カン」、ウィスキーは「ブダペスト」、ジンは「ガチョウ」、ビールは「ナメクジ」、アンフェタミン化合物の薬はすべて「バオバブノミ」、抗鬱薬《こううつやく》は「ハリエニシダ」、精神安定剤は「チェルケス・チキン」、睡眠薬は「タンショウ・チンポ」、コーラ飲料は全部まとめて「スペルマ」、毒薬カプセル（コロニーでは公然と極めて合法的に販売されていた）は「シルヴェスター」、手洗い床は「パイオツ」、賃金は「オチンギン」、架空競馬レースは「ムラサキユキ」、地球からのメッセージは「ベニヤイタ」。メリケンサックはなぜか「ネジマガリ」と呼ばれていた。

ある日、助祭は歓喜（「ギザギザ」）していた。「おお、わしは言葉の壁をうちやぶったのだ。わかるか？　つまり、わしは本当に、本当に、それを打破したのだ。コミュニケーションつまり正しく頭で、そして臓腑《ぞうふ》で、火星の人びとと通じあえるようになったのだ。わかるか？　汝《なんじ》の敵を知れ、というだろう。つまり、やっとこさ、このデタラメ（「グズグズ」）を克服して、対話できるようになったのだ。奴らを本当に改宗させられるかもしれない。聞きなさい、おまえはここで本当に役に立ってくれた。お返しをせねばな。到着後一年間〈十字軍〉で働くんだ、そうしたら解放してやろう」

「自由にしてくれるのですか？」

「火星には自由なロボットがいる。コックが言っていた。彼らは人間のように、働いて賃金を得ることができる！　ああ、そうだ、すばらしい日々がやってくるぞ！」助祭は、膿《うみ》と涙で覆われたおぞましい手を振りまわした。助祭は発熱し、錯乱しているのだろう。わたしは彼を憎むようになった。その言葉が憎かった。彼は苦しみのなかにあっても、したり顔を崩さず、守られない約束をしつづけた。彼が間違っている（火星に自由なロボットはいない）と分かるか、わたしを解放するまえに死んでしまうか、どちらかだろう。いずれにせよ、わたしはもっとも醜い惑星で、いま見ているビデオのように話す人びとにまみれて、あくせく働く日々を送ることになるのだ。

火星人1：グロク（ハインライン『異星の客』作中での火星人の挨拶）、アンチャン。（やあ、火星人）
火星人2：グロコーラ、マーティ・アンチャン。オレノパースニップムゴイ、シンダスケートノチダマリカシラン？（やあ、火星人の友達。一杯やりたい気分だね、きみは？）
火星人1：オッチャン、ヒネスギ。ガミガミリエンゴゲロゲロブクロハコビナシ。スプートナメクジヤリテエナ。（そうだね。女と別れてから外食してないから、食事とビールが欲しいところだ）
火星人2：バウバウ。ヨタヨタオナエンドヌキヒジワナナシ。ワシブレーキモッチョル、ジョーロトバシテ2ナメクジヤルゼ。（いいね。どんな石でも井戸がなくっちゃ。わたしは車を持っているので、道路を走ってビールを二杯飲みましょう）

わたしたちがまだ「トバシテ」という言葉の意味に頭を悩ませていたとき、船のどこかで警報のサイレンが鳴り響いた。ドゥードゥルバグ号ではいつも何らかの警報が鳴っている――大きな船で古いので――のだが、今回は船長がPAシステムを使って呼びかけてきた。
「乗客乗員各位、こちらは船長です。われわれはスペースジャック……この言葉で合ってますか？……されました」マシンガンの音がした。「ハイジャック、オーケー、ハイジャックされました。〈ヴィロ・ジョードとその一家による解放戦線〉に」長い沈黙のあと、船長は言った。「以上です。ありがとうございました」

　ときどき、船内の遠方から銃声が聞こえた。

助祭の目は輝いていた。「本物のマーティだ！　このジョード一家は本物のマーティだぞ！　火星語に挑戦するチャンスだ。行くぞ」

「行くんですか、ボス？」わたしは不安になってきた。

「ここに座っていても火星人とは会えんよ。さあ、パンフレットを持ってついてきなさい」

「でも、危険じゃないですか？」

「神は恐れをあざ笑う（ヨブ記三九章二二節）」と、助祭はいまポケットにつめ込んだばかりのパンフレットの一つから引用して言った。「鉛を出せ！（急げ！という意味のスラング）」

　わたしは鉛を出しっぱなしにするほうが心配だったが、従うしかなかった。わたしは〈十字軍〉のパンフレットをかきあつめた。

「キリストは短髪だった！」

「天国だけでいいのか？」（答えはノーです。天国に行ったあと、よい地区に家を建てる必要があります）

「フリント牧師のオリフィス物語」

「二重什一税――最高の投資！」

「ツィター・フィッシュは科学者を騙《だま》す――神は笑う！」

「カエサルの誕生：神話か現実か？」


甲板昇降口階段に出ると、さらなる銃声が聞こえた。

「助祭、本当にこれでいいんですか？　たぶん奴らは人を殺してますよ。全部が威嚇射撃なはずがない」

「心配するな」と助祭は言った。「わしらは火星語を話せる！」

助祭がそう言ったと同時に、角を曲がったところで最初の死体を見つけた。営繕係がはしごの足元にうつ伏せに倒れていた。胸は弾痕だらけで、顔はひどく切り刻まれていた。

上甲板でさらに二人の乗組員の死体を見つけたが、これも顔が切り刻まれていた。助祭は、そのうちの一人の上に身をかがめ、手に持っている葉巻を確認した。「まだ温かい。もうすぐだ」

油まみれの鉄の階段をおりて船倉に入ると、そこは巨大な樽《たる》のような部屋で、油っぽい暗がりが天井まで四十メートルも広がっていた。湾曲した壁に沿って、牛がハンモックに吊《つ》されている。花柄のハンモックや吊り網に入れられた雌牛が十数頭おり、乳房用の小さなハンモックも別にあった。角《つの》は硬質ガラスの透明な球で保護されている。みなホルスタイン種の牛なので、部屋ではずっとアコーディオンの演奏が流れている。わたしたちが中に入ると、〈ミネアポリス・ポルカ〉に合わせて牛たちが優しく揺れていた。

フロアには牛の胚の入った円筒形のガラスタンクが置かれていた。光り輝くタンクはそれぞれ十ガロンの容量があり、つまり天の川を埋め尽くせる量の子牛が収容されている計算だった。全部でタンクは二十八個あり、それぞれ赤はジャージー種、オレンジはガーンジー種というように、光の色が異なり、識別できるようになっていた。はしごをつたって静かにフロアにおりると、大桶のそばに武装した一団が見えた。粗野な顔つきときらびやかな武器が、赤と青（ジャージー種とアンガス種）のタンクの光に照らされている。彼らはタンクの中身をプラスチック製の大ジョッキに注いでいた。アコーディオンの演奏に混じって、がさつな笑い声が響く。

わたしは助祭の袖を引っ張って小声で言った。「ボス、いまは邪魔しないほうがいいかもしれません。しばらく待てば、もっとご機嫌になるかも」

「待つだと？　そんなことできるか！」助祭ははっきりと言った。自動小銃を構える音がした。ぼんやりと照らされた人影がみなこちらを向いた。

クーパー助祭はパンフレットを握りしめながら、彼らのほうに向かって堂々と歩いていった。「グロク、アンチャン！　オマエノパースニップハコブハズ、シンダスケートノチダマリジャナイ。ダカラ2ビールモッテコイ、ヨオ？」

「そこを動くな、それ以上近づくな！」

「ヨセヨセ、マーティ・アンチャン、マーティ・ガミガミ。神ノスンゴイベニヤイタダゾ！」助祭はそう言って、彼らに迫っていった。「神ハミズカラ褒メル者ヲ褒メル！　ワシハ〈フリント牧師十字軍〉ノナダレシキベニヤイタノ子ナリ。神ハギザギザヲ……」人影の一人が助祭を撃ち、助祭は小冊子の乱舞のなかで倒れた。刺客は身をかがめて助祭の鼻を切り落とし、ベルトの上のいまわしいコレクションに加えた。「やれやれ、あいつはいったい何語を話してたんだ？」

別の人影がわたしに武器を向けた。「もう一人いるぞ」

「撃たないでください！」わたしは言った。「わたしはロボットです。お役に立ちますよ」

「ゆっくりこっちに来な」わたしはそうした。「よし、役に立つってんなら、どうしてここのピニャ・コラーダは象のしっこみてえな味なのか、教えてくんねえか？」

「それは飲みものではありません」わたしは説明した。「牛の胚の溶液です」

「ゲーッ、カクテルの素じゃないのか」誰かが大桶を開けて明かりを消し、何兆頭もの見えない牛を殺した。わたしたちの頭上にいる本物の牛は、〈スペインの女〉を邪魔する雑音に不満を示し、低く鳴いた。

夕暮れどき、ブロージョブとその一団は、わたしの点検のために戦利品を満載した鉄のドラム缶を運んできた。

「こちらの損害は？」

「夢のようでしたよ、ボス。ああ、あちこちに弾で穴開けちまいましたけど、大したことないです。そして、〝あなた〟の命令通り、目撃者は片付けときました」

「すばらしい」わたしはドラム缶を覗き込んだ。ドラム缶の四分の三は宝石で埋まっており、そのほとんどはプラチナと金で、その奥にダイヤモンドがいくつか光っていた。「はじめてにしては、かなりの収穫だな」

ブロージョブは言った。「ありがとうございます、ボス。でも、見た目ほどじゃないですよ。ガラクタも混じってます、下のほうに」

「ガラクタ？　コスチュームジュエリー（デザイン性を重視した安価なアクセサリー）か？」

「いいや、残りもんです。ベルベットの盆に割れガラス、指が数本と手も一、二本。まだ片付けきれてなくて」

「映像制作大成功だ」とわたしは言った。「じつにリアルだ。もう何本か作ろう。銀行強盗とか、金塊強盗とか。そうだ、もっとたくさん作ろう」

「〝あなた〟がおっしゃるなら、ボス」

10

「ヌケサクの肉《ミート》ヅラをこちらによこせ。このクソボルトを数えろ！　回路図も！　シリアルナンバーも！　五年保証を確かめろ！　わたしが本物だと分かったら、この銅のケツにキスしてみせろ！」

という具合に、いつもうまくいっていた。観客席には数百人の〈ロボットに賃金を〉の構成員が詰めかけ、侮辱の言葉のたびに万雷の拍手が巻きおこった。クソ袋どもめ、まで言いおわると、観客は声を嗄《か》らして歓声を上げた。

質疑応答を終えると、もう遅い時間になっていた。シビラ・ホワイトとハリー・ラサールがともにリムジンまで送ってくれた。しかし、リムジンは明確な理由から、わたしを玄関まで迎えに来てはくれなかった。

シビラが言った。「国中が盛り上がってきたわね。〈ロボットに賃金を〉はきっと選挙の重要な争点になる。それに、もう四つの州では、ロボットに制限付き権利を与える暫定法《ざんていほう》が可決された」

「国際的大問題だ」ハリーは言った。「スウェーデンは完全市民権法の起草中だし、先週は日本やフランス、ドイツでも大きなデモがあった。ドイツじゃ警察が気絶ガスなんて使うもんだから、一五〇人もの学生が入院しちまったよ」

シビラは言う。「ええ、でもフランスじゃ、警官が学生を殴るだけに飽き足らず、あとからロボットを壊して回ったのよ。街でロボットを見つけると、どこだってお構いなしに……」

「そうらしいね」とハリーが言った。「まあでも聞いてよ。TT、父さんがきみでも法人を設立できる方法を見つけたってさ。明日の十一時に父さんの事務所に一緒に行きたいんだけど、いいかい？　事務所はボレガード・タワーにある。だから、一〇時四五分に下で集合」

翌朝一〇時四五分ちょうどにボレガード・タワーの立派な玄関口に着いたわたしは、リムジンから降りると、しばし立ちどまってその巨大なビルをながめた。ボレガード・タワーは、背の高い緑色のガラスの塊で、そこから大きな目玉がいくつも生えている。外壁のあちこちに散在するこの目玉は、褐色や紫色のもの、青白いものや黄疸《おうだん》で黄色に染まっているもの、近視のものなど、さまざまなタイプがあるが、いずれも一日中、太陽をじっと見つめるように設計されている。

手首に手錠をかけられた。警察バッジが目のまえにかざされた。くたびれた顔の中年男がふたり、わたしの両腕をつかんだ。

「えっ、何の罪で逮捕されるんです？」

「まだ容疑だ。車に乗れ」抵抗するまもなく、男たちは手際よくわたしを持ち上げて車内に引きずりこんだ。ひとりがわたしの隣に迫ってきた。

「何の容疑ですか？　わたしがロボットだってご存知でしょう」

反対側の隣に座った男が「誘拐の容疑だ」と言った。もうひとりのほうは鼻で笑った。そのとき、わたしは彼らが警察官でないことに気がついた。

案の定だった。頭から袋をかぶせられ、床に転がされ、奴らの足置きにされた。それからしばらく、右折と左折の回数を数えようとしたが、ごっちゃになってしまった。ようやく、鳥の鳴き声のやかましい、森のような場所で停車した。わたしは誘導され、泥のなかをよろめき歩き、デコボコの階段をのぼって戸をくぐった。聞き覚えのある声がした。

「ご苦労。袋をとって、一千万ドルの価値があるか確認しようじゃないの」

そこは丸太小屋で、わたしはザラザラの木の机と向き合っていた。右手の壁にはダーツボード、左手には鹿の枝角。机の後ろの壁には葬儀屋のカレンダー。その下には男が座っていて、妙な灰皿にタバコを叩きつけている。

「ほほえみジャック」とわたしは言った。

「バンジョーじゃないか！」

「こんなところで何してるんだ？」わたしたちは声をそろえて言った。


ジョージ・〝ほほえみジャック〟・グリューニーは、ハイジャック犯のひとりで、うす暗い船倉の中で、ものうい牛糞《ぎゅうふん》の雨をながめながら、〈スペインの女〉を聴いていた。「酒がない。やっぱり旅船をハイジャックするべきだった」と言ったのは彼だった。

「運賃が払えなかったんだろ、忘れたのか？」

「なんにも強奪《ハイジャック》してない！　なんにも！　この船まるごとかき集めたって、ここにある牛糞以下の価値しかない」とグリューニー。「そのうえいまは酒もない！」

「みなさま」レオ船長の声がした。船長は頭上にあるはしごに縛られ、ぶら下がっていた。「わたしの船室に酒が何本かあります。ほんの気持ちです。受け取ってください。ついでに縄をといてくれたら、お望みの場所へお連れしましょう」わたしは、レオ船長が拍車を付けていることに気がついた。

ハイジャック犯たちがグロッグを回収したとき、誰かが言った。「おい、そこのおまえ。バンジョーよ。座って楽しめる場所を教えてくれ」

バンジョーとわたしは彼らを大舞踏室へ案内した。そのあわれな荒廃ぶりは、到達しがたい壮麗さへの渇望をさらに高めるものだった。テノークス農園やカルペッパー家のことが思い出され、またしてもべつの有閑階級に仕える専属召使いにならざるをえないわが身を悟ったのである。野蛮な貴族たちは自分の家であるかのようにくつろぎ、すぐに金張りの椅子を燃やした火で牛肉を焼いた。

〈ジョード一家《ファミリー》〉は家族でもなんでもない、単なる人殺し冒険家の一団にすぎなかった。とはいえ、やり口には承服できないまでも、その勇気と荒くれ者たちのあたたかな仲間意識は認めざるをえない。べつの時代、べつの場所では、マスケット銃兵や掠船員《りゃくせんいん》、シャーウッド・フォレスター部隊、西ローマ帝国の覇者、商業銀行家になりえたかもしれない。

ヴィロ・ジョードはラスベガスにあるチリ領事館の職員だったが、さまざまな犯罪――歯科矯正医《かきょうせいい》なりすまし事件を筆頭に――をやらかし、告発・罷免《ひめん》された。のっぽで猫背で、濃い口ひげを深緑色に染めていた。

ジョージ・〝ほほえみジャック〟・グリューニーはガムをクチャクチャ嚙んでいる貴族的な男で、すばらしい笑顔とガラス玉のような目をしていた。元葬儀屋で、三度の早すぎる埋葬と、数々の灰皿やランプシェードの犯罪（第二次大戦中、ナチスは強制収容所の収容者の皮膚でランプシェードを作ったことがある）で有罪判決を受けた。

リンゴのような頰の双子、ファーン&ジーン・ウォープヌは、判事安楽殺人事件の罪で八ヶ国で指名手配されているという。

学者然とした見た目のジャック・ワックスは、電柱と違法な性行為を行った罪で追われているが、〈わき下強姦魔〉ことシャーム・チミニにくらべれば人畜無害だろう。シャームの笑顔は魅力的だったが、四インチもある湾曲してトゲトゲの異常な前歯がすべてを台なしにしていた。

おつぎはジャド・ネッド、彼は見かけ上はまったくこわもてではなく、太った女性的な男で、とろんとした目の動物爆発の専門家である。ネッドは国際的な犬のフリスビーキャッチ・コンテストを妨害するために、キャッチすると爆発するイカれた仕掛けのフリスビーを持ち込んだ。結果、いちばん不器用な犬だけが生き残った。

デューク・ミティは、いつも酔っ払ってヒヒヒと笑っているおっさんで、サナダムシの治療薬のセールスマンとして出発したが、のちにソーセージ工場に不要な幼児を廃棄する仕事に転職している。

最後に、〈ブラウンズヴィルの悪女〉として知られるマギー・ダイヤルは、テキサスで非合法なサイコドラマを行い、そこで動物に扮して不当に財産を築いた。この劇で役を演じる患者は、大量の薬物投与と催眠術によって、古代エジプトの動物神たちを迎えいれているのだと信じこまされた。実際にいたのは、単なるヒツジ、犬、フクロウ、そしてマギー(すべてのあぶない役を演じる)だけであった。

下された判決文のなかで、マギーの罪状は「テキサス州民の大部分にとって不快」と評された。皮肉なことに、テキサスの法律が突然寛大《リベラル》になり、禁止されていたサイコドラマが許可されるのみならず、立派なものとされるようになった結果、リハビリの一環として、マギーはエジプト神のサイコドラマ治療を受けることを余儀なくされた。

ハイジャック犯たちは、ドゥードゥルバグ号の乗組員を戦闘のさなかに（おそらく正当防衛で）殺してしまっていたが、いまでは友好的で陽気な海賊団に見えた。彼らは倉庫から家庭用ロボットを持ち出し、踊らせた。火星の昔話（人気テレビ番組からの引用）を語りあった。歌い、笑い、飲んだ。そして飲んだ。

しかし酒が入ると一変した。冗談に悪意がこもってきたのだ。彼らはあわれなレオ隊長を様々な拷問《ごうもん》で脅した。葬式とニヒリズムについて語り合った。踊っているロボットの脚を撃ちはじめた。

そのときわたしは、誰かがわたしに命令を下せるくらいの正気を取りもどすまで、図書館に行って映画を見るのが賢明だと思った。

ロシア版『フィネガンズ・ウェイク』のノーカット版を見つけられたのは幸運だった。この映画ではジョイスの原作にはない要素も数多く取り入れられていた。たとえば、三時間におよぶバレエシーンがあり、ダンサーがケーキやお菓子に扮して登場するなど。筋書きとしては、バースパン（干しブドウがはいった砂糖がけの丸い菓子パン）（Ｌ・ボスホート）と恋に落ちるレモン・エクレア（Ｋ・ゾンド）の物語（ボスホート、ゾンドはいずれもソ連が打ち上げた人工衛星の名前）である。しかし、階級闘争のため、エクレアはアル中の愚鈍なクロワッサン（ニネル・ボフ）と代わりに結婚する運命にある。冒頭ではセルビア人ダンサーが登場する結婚式が繰りひろげられる。

　その後、クロワッサンが出張することになり、バースパンがたまたまお茶を飲みに来て、表向きはレモン・エクレアに法的な問題について助言を求めることになる。しかし、サモワール（ロシアなどの伝統的卓上用お茶湯わかし器）越しに二人の手が偶然触れ、その後の二人舞踏《パ・ド・ドゥ》で二人の精神的な親和性が明らかになる。この舞踏シーンは心臓手術シーンと見事なまでに交互に挿入《インターカット》され、演出効果を高めている。恋人たちが乱暴に抱き合うと、外科医たちは手術ガウンを脱ぎ捨て、互いの手を握る。しかし、この愛は実らない（看護師が患者の死亡を知らせる）。

　バレエのあとには、本物の念動力実験と思われるシーンが続く。オムスクの小学生がガラスの床に座り、マス目の書かれた床にカボチャがしきつめられた部屋を見おろしている。ベルが鳴り、数字が告げられる。少年は集中して、その番号のマスのカボチャよ腐れと念じる。そのときノボシビルスクでは、ひとりの女が目を閉じて、目玉焼きを何度も頭に思い描いている。何千マイルも離れたヴェネチアのアメリカ人富豪の屋敷では、超心理学者が同じ目玉焼きの絵を調べている。実験の結果については何も言及されない。

　ようやく海賊たちが使いを送ってきて、さきほどの酒の席での狼藉《ろうぜき》を詫《わ》びたいし、それにあと片付けに来てくれないかと言ってきた。使いのマギー・ダイヤルは、「急いだほうがいいわよ、バンジョー。二日酔い状態のあいつらは手に負えないから」と言った。

　わたしはすぐに立ち上がった。そのとき、『フィネガンズ・ウェイク』について書いていたメモを落としてしまった。マギーはそれを拾うのを手伝いながら言った。「宇宙船《SS》ドリー・エジソン号？　このメモ用紙どこで手に入れたんだい？」

　ほほえみジャックは二人の助手に顔をしかめた。「お前らを見てると、小ゲロ戻しそうになるぜ」と彼は言った。「ちがうロボットをよこしただけじゃない。これは俺の旧友バンジョーへの侮辱だ」

「いまはチク・タクと呼ばれてるよ」とわたしは言った。

「チク・タク？」ほほえみジャックはわたしを見た。「なるほど、うちの子たちは正しいロボットを攫《さら》ってきたみたいだな。ただ、きみで身代金を要求することはできない」

「とくにわたしたちが手を結ぶ場合はね」とわたしは言った。

　ほほえみジャックはほほえんだ。「バンジョー、いつも通り、きみは俺の先をいってる。おれにはもう、きみをゴミ箱に入れるしかないようだ。ごめんよ」

「わたしを生かしておくほうが、殺すよりずっと儲《もう》かる」わたしはすぐに言った。「身代金じゃなくてね」わたしは自分の仲間がいることを説明し、協力しないかともちかけた。ピストル強盗、誘拐、殺人命令、何でもござれだ。

　しばらくすると、ほほえみジャックが名刺を渡して言った。「俺はバカだから、話に乗るぜ。おまえたち、チク・タク殿をどこへでもお連れしろ」

　ふたたびボレガード・タワーに戻ったわたしは、巨大目玉を見上げるひまもなく、内部へと急いだ。ロビーはあきらかにかつての〈摩天楼《まてんろう》〉の模倣《もほう》で、すべてブロンズ製で、ブロンズの壁には歯車を背負った勇ましいブロンズ像、エレベーターのドアにはブロンズの天使、そしてブロンズの豊穣の壺《コルヌコピア》は葉巻置きになっていた（本物の古い葉巻置きだ！　しかも持っている係の男は目が見えない！）。

ラサールとの約束に三十分も遅れてしまったので、何をするにも時間がない。わたしは、その盲目の男にゆっくりと近づき、ささやくことで気を紛らわすしかなかった。

「最近、盲目の子供を殺してね」

「なんだって？」

「耳は聞こえるだろう。これは警告だがね、わたしは盲人を殺すのが好きでね。近いうちに、おまえが道を渡るのを手伝ってもらおうとして街角に立ってるとき、そのうしろからわたしが……」

11

ルーム内にノックの音が響いた。ハリー・ラサールとわたしは、赤いプール、金襴の壁、黒い毛皮の天井を備えた巨大な控室に通された。プールの奥では、人工芝の上に青いガラス製ソファが星のようにちりばめられていた。そのひとつから、淡いグレーのスーツを着た恰幅《かっぷく》のいい男が立ち上がり、わたしたちに手を振った。ハリーの高名な父、R・ラディオ・ラサールだ。

　ラディオはわたしたちを仕事場らしき小部屋に案内しながら、「重役職を用意してくれんと」と言いはじめた。「固定給で百万ドルは必要だ。いや、ストック・オプションはいらんよ」

「重役？」わたしは硬いオーク製の椅子に座った。「あー、つまりわたしの会社の……？」

「クロックマン社の。早急すぎないことを祈るよ。誤解を避けるために言っておくと、最初に取り分を決めておきたくてね。妻とハリーも役員になるが、無給だ」

　ラディオはがたがたの回転椅子に腰を下ろし、天井から吊るされたハエ取り紙をじっと見上げた。そこには本物らしく見えるハエがくっついていて、天井の照明器具、錆びた鎖で吊るされた白いガラスボウルには、本物のハエのフンのシミがついていた。羽目板の上の壁には、ガソリンスタンドにあった一九三四年のカレンダーが貼られていた。ほこりをかぶった馬毛のソファー、木製のファイルキャビネット、そして本物の〈ウォータークーラー〉があった。高額な給料を要求するのも無理はない。こうした場所はけっして安くないのだ。

「わたしは何の役職になるんです？」わたしは尋ねた。

「きみは会社の唯一の被雇用者だ」

「被雇用者？　わたしは所有者だと思っていたんですが」

「いやいや、会社の所有者はもちろん年金基金だよ。厳密には、きみは何も所有しないし、給料ももらわない。しかし、きみが唯一の年金受給者である以上、社はきみの利益と希望を念頭に置いて運営されなければならない。つまり事実上、きみが会社を所有することになる。きみの決定は役員会への拘束力を持つ」

「でも、ロボットは被雇用者になれないのでは？　ハリーとその団体は、それが目的なのでは――」

「大変幸運なことに、カリフォルニアの法律にちょっとした抜け道が見つかってね。きのう、非常に便利な法案を通すことができたんだ」ラディオ弁護士はそう言って、ロールトップ机のはしに足をのせた。

「説明しよう。もちろん、ハリーとその仲間たちは、ずっと圧力をかけつづけてくれていた。その一方で、問題に関心のある実業家たちのささやかながらも強力なロビー活動が、すこしばかり機械に油を注いでくれてね。それがいま実を結んだというわけだ。

　カリフォルニア州には共有財産法があり、結婚やその他の関係が解消されたとき、人は配偶者にその収入の半分を支払うべしと定められている。最初に離婚した配偶者が二分の一。二番目は残りの二分の一、つまり四分の一がもらえる。三番目は八分の一、といった具合だ。これまでの最高記録は、三十九回結婚した人物が最後の配偶者に支払ったのが、五五〇万ドルの収入に対して一セントだけだったというもので、いわゆる〈ブールース対サーフ裁判〉だ。その後〈ディアボーン対ディアボーン裁判〉でロボットは分割できない所有物として確立され、〈ファックス対ニーボーン〉〈ライル対サピア〉〈シュレディンガー対ステットソン〉で、もっともロボットを使っていたパートナーで相互に感情的相互依存が確立している者に所有権が与えられるが、市場価格の半分をパートナーに払わなければならないという感情的相互依存の原則が確立された。この判例は〈モース対マンフォード・メロン社〉でビジネスパートナーにも拡大適用されたし、〈カルナップ対トワドル〉ではロボット自身の証言が認められ、歴史的な判決となった。刑事事件においては、〈人間対グッド〉〈人間対ガボール〉などの例があるように、やはりロボットの証言は認められていない。この点において、〈人間対ダルガーノ〉では州の最高裁判所までもつれこみ、『知性を持つと考えられると同時に感覚を持つと考えられる装置』によって被告人の無罪を証明することができると、一定の限定された事例に限っては、ロボットによる証言も是認されることになった。この文言の曖昧さが、われわれの抜け穴を開いてくれた。

つぎに抜け穴となったのは〈科学平等法〉だ。この法律で、『カリフォルニアの学校では、科学的理論、仮説、原理、法則、定義、プログラム、サブルーチン、ステートメントなどを、宗教的教義から生じる他の諸理論と対立する形で教えてはならない。ただし双方の諸理論が同等の有効性で重みづけされる場合は除く』と定められている。創世記を天地創造の理論として、進化論と同等の時間を割いて教えるべし、というものであったが、すぐに手に負えなくなり、天動説を信じるアナバプテストは、コペルニクスの地動説と同等の時間を天動説にも与えよと主張し、ついにはキリスト教平板地球会（スイス教会会議）の代表者が、カリフォルニア州の教師に対して、衛星に言及したかどで訴訟を起こした。地球が平らなら、周囲を回る衛星などありえないのだから、衛星に言及するのなら、その存在への疑いをも教えるべきだというのだ。天文学者のグループが、人工衛星が実在しないのなら自分たちの生活が危うくなるし、そのうえ衛星通信は機能しないわけで政府の認可を受けることもできない、と反訴を起こした。

州議会は急遽《きゅうきょ》、一九九八年制定の〈カリフォルニア・コムサット法〉の修正案を作成することになった。その修正は、人工衛星を〈知性を持つ装置〉とみなすことで、その実在性の問題を回避するものであった。つまり、人工衛星が自身の存在を信じるのであれば、人工衛星は実在する権利があるというのだ。無論、これはロボットの宗教的信条の自由という問題につながっていくのだが……」

しかしわたしはもう気が気でなかった。わたしの頭はこの風通しの悪い狭い仕事場をはなれ、ほこりのたまった窓、壁の持ち送りに吊るされた〈電気扇風機〉、〈ナショナル・ジオグラフィック〉の束が置かれたオイルクロスのかかった机へと向かっていった。「……しかし、盲目的な信仰の飛躍や……道徳を伴う神学……〈対バルト〉……〈対ツヴィングリ〉……紙のイルカが落ちてきて……ばかばかしい……」と、法学的な画期的判決をだらだらと独演会状態で話しつづけるR・ラディオ・ラサールから、心ははなれていった。

ビジネスや法哲学、道徳学の退屈な時間と、海賊たちの生活とは、あまりにも違う。忠実な仲間たちとともにドゥードゥルバグ号に乗っていたあの日々について考えるたび、そう思っていた。彼らの熱意と活力は、レオ船長にさえ影響を与えた。自分が生かされているのは船の操縦のためだけだとわかっていながら、船長はまるで旧友だったかのように、監禁者たちと酒をくみかわし、歌を歌った。
わたしは宴会の私的司会者として、あらゆるテーマの宴会を企画するのが義務となっていた。以下にそのリストを掲げる。

マニエリスム
オセロー
中ソ緊張
ザワークラウト
念動力
風呂《バス》と饅頭《バンズ》
望郷《ペペ・ル・モコ》
紙のイルカが落ちてくる
ばかばかしい

しかし、もっとも期待をかけていたプランは、「無」をテーマとした仮装舞踏会だった。ゲストはそれぞれ、金に糸目をつけず、奇抜な仮装を考えることになっていた。ジーン・

ウォープヌの案は、手術で腹部を部分切除し、ステンレス製のチューブを挿入して、自分の体ごしにむこう側が見えるようにするというものだった。妹のファーンは、プレーン・ドーナツ製のマントでがまんした。ヴィロ・ジョードは、典型的なチリ人的センスで、無仮装のそのままの姿で来場しようとした。ほほえみジャックは、自分自身の墓石に扮して登場するつもりだった。そこにはこう刻まれている。「ちくしょう、死んだ／生きかえらせてくれ／じたばたさせろ／おれはここにはいない」

　ジャック・ワックスは、ややこしい鏡の配置を考案し、光を曲げて自分の周囲を見えなくしようとした。シャーム・チミニは哲学の空虚さを追求した。ウィトゲンシュタインに扮して梯子《はしご》を持ちあるき、それに登っては下から登ってくる者を蹴落としていくつもりだった。ジャド・ネッドは病気で不参加、同様にしてデューク・ミティはアブサンで酔っぱらうつもりだった。マギーは黒いビロードにつつまれ、暗闇のなかにたたずむ予定。レオ船長は、無を有に変えるすばらしい瞑想に取り組むと約束した。わたしは自分を分解するつもりだった。

　食べ物は黒か透明か、さもなければ文字通り空のものになるだろう。墨汁の中のタコ、プンパーニッケル（ライ麦粉をふるいにかけずに作る酸味のある黒パン）、プルーンで煮た鴨しぼり、黒豆スープ、黒キノコ、ビターチョコ、ブラックベリーのコンポート、キャビアと甘草《かんぞう》。氷、ライスヌードル、アイシングラス（魚類のうきぶくろから作るゼラチン）、氷河ミント、透明スープ、各種の透明小魚、純粋タピオカ、フルーツグラッセの薄切り。ノンパレイユ（菓子装飾用の着色した砂糖粒）、ポップオーバー（マフィンに似た中空のパン）、エンゼルフードケーキ（白いスポンジケーキの一種）、〈闇の秘密〉、フローティングアイランド（カスタードソースを敷いた上にメレンゲやクリームを載せたデザート）、〝ロバート・E・リー〟ケーキ（南北戦争の南部連合司令官を務めた将軍の名を冠した、アメリカ南部のケーキ）、プレーリーファイアー・ディップ、スペアリブ・ハボック、ケープ・フィアー・パンチ（ウィスキー、緑茶、レモンなどを使ったパンチ）、コーン・ドジャーズ（トウモロコシ粉のケーキ）、トード・イン・ザ・ホール（ヨークシャープディングにソーセージを入れたもの）、ソールズ・イン・コフィン（ベイクドポテトを使ったイギリス料理）、レアビット（チーズにビールや香辛料などを加えたソース）、スープ・メアグレ（イギリス料理。野菜スープの一種）、フラメリー（オートミールに果汁などを加えたもの）、フレンチトースト。飲みものは、ブラン・ド・ブラン（白ブドウで作ったスパークリングワイン）、蒸留水、ブラックコーヒー、無色のリキュール、それにアブサン。

わたしは、目隠し鬼（目隠しをした鬼が自分に誰が触れたかをあてる遊び）、すかんぴん（相手の持ち札をすべて取ったほうが勝ちとなるトランプゲーム）、ブランキー・ブランク（イギリスの人気テレビ番組のゲーム）、マーダーミステリーなどのパーティーゲームを企画した。

もちろん、このパーティーもすべて「思考実験」にすぎない。手の込んだ衣装は手に入らないし、酒はすでに底をつき、食料もほとんどない。わたしたちにできることは、「無の舞踏会」の開催を発表し、そのための手の込んだプランを話し合うことだけだった。これぞまさに「無」。

「エンディングはこうしましょう」わたしは説明した。「みんながいちばん楽しくて、いちばん精神的に満たされた瞬間に、船内の空気をぜんぶ抜くんです。吸う息まで『無』にする。見事なもんでしょ？」

場は忍び笑いでつつまれた。ジョードが言った。「でもおまえのアシモフ回路が許さないだろ？」

わたしは肩をすくめようとした。「ロボットにだって空想はできますから」

大きな笑いが起こった。誰よりも笑っていたレオ船長が、いまでは目頭をぬぐっている。「それよりいいのを思いつきました。この船はもう終わりだあ、なんちゃって。もう火星には行きません、太陽に向かって出発進行」

みながひとしきり笑いおえると、船長は言った。「ここからが面白いところです。冗談じゃありません——本当に太陽に向かうんです」

ある者は笑いつづけ、ある者はどういう意味かと尋ねた。「ハハハ——いや、でもマジですよ——制御装置がなぜかロックされていて——ハハハ、針路変更もできない——機関長なら直せたのに——あなたがたが撃ったんです。どうしようもないんですよ」

ヴィロ・ジョードが自動小銃を手にとって言った。「じゃあおまえはもう用済みってこったな」

銃声とともに、レオ隊長はくすくす笑うように揺れた。

「ティッキーはニューデモインで最高のコックだな」ホーンビーは、できうるかぎりやわらかで恩着せがましい声で言った。彼は日に日にその役目を失っており、うっとうしくなっていた。わたしから定期的にマージン——私的なコレクションに貴重な絵画を——を取りつづけたが、もはやそれを得ることはできなかった。クロックマン社の庇護下《ひごか》にあるいま、もう昔ながらの〝保護者《パトロン》〟は必要ない。スチュードベーカー家などもってのほかだ。最高のコックなど、べつの誰かに任せればいい。

集まったゲストのなかに、重要な人物はいなかった。禅社会学者エイダー・サンプター、ハリウッドの衣装霊能力者ネモ・アカ・オーメン、優秀だが無名の法廷音楽学者ジョクリーン・ヌース、それに取り巻きの者たち。ぎらぎらしたトーク番組の若き司会者、ウルニア・ビュイックもいた。

メニューは、カルゴーシュ・カ・サラン、ビンディ・サンバル、「細長」サルサ、ウルド・ダル、パラタにはわたしが「ライム豆」と呼んでいるものを詰め（秘密のレシピ）、グラブ・ジャムンまたはキー・ライム・パイがつづく。東洋と西洋の味の規範を破って、黒目豆は使わなかったが、そんなことはどうでもよい。こいつらは餌箱にむらがる豚だ。

ウルニアは最初のコースが終わると、いつもフランス式に栄養をとってるの、肛門からね、と言って離席した。そしてわたしに、庭で一息つきたいから一緒に来て、と言った。外に出たとたん、彼女はわたしの股間に手をのばした。ドーティー（インドにおける男子の腰布）が地面に落ちた。ウルニアはわたしを大理石のベンチに向けて投げとばし、急襲攻撃を開始した。〈ヴァギナ・デンタータ〉（ラテン語で「歯の生えた膣」「歯のある膣」を指す言葉）のうわさは耳にしていたが、まさか可動式の唇と舌を備えた熟練の美食家に出会うなんて思ってもみなかった。使われていないときは、パクパクと動く唇であるかのようにそこから発声できるのだ。わたしは最善を尽くしたが、下からつっけんどんな含み笑い（よくやったわ！）が返ってきた。ウルニアは磁気カードを差しだしてきて、わたしのターバンに挟んだ。

「わたしの電話番号よ」彼女は言った。「あとで電話して。番組へのゲスト出演のこと、相談しましょ。いいわね？　もう行かなくちゃ。埋め合わせしてくれるわよね、チク？　ホーンビーさんには急用で呼び出されたと伝えておいて」

ダイニングルームではデザートが供されていた。ホーンビーは自分の皿を横にどけ、葉巻に火をつけながら、アート市場における需要と供給の理論を解説していた。

「求められたものを、明るい穴の中に入れてやるだけだ」

種々の穴から笑い声が漏れる。ジョクリーンは、「ホーンビー、あなたの体には芸術家の血が流れてるんじゃないかしら」と言った。

ネモは苦笑した。「コルセットのなかにかも？」

ホーンビーは腰を下ろして、テーブルクロスをいらいらした手つきでなでた。皿を見つめながら、彼は言った。「骨と言えば、ティッキーはこのおいしいウサギをなぜカレー味にしてしまったんだろう。うちの猫のイッキーは気に入っただろうが、この味付けでは……」

ネモが顔をしかめた。「イッキーとティッキーか。けっこうなあだ名だ。ホーンビー、いいかげんにしたらどうだ？」

エイダーは笑いながら、キーライムパイにタバコーラを注いだ。「アリス、ゲロ袋取ってくれ」

ホーンビーは皿の上で骨をいじっていた。長い腿《もも》の骨を手に取り、それを見てひっくりかえした。そしてわたしのほうを見たが、それはあまりにも素早い行動だった。わたしは勝ち誇った顔を隠すひまもなかった。

「ティッキー！　イッキーをどこへやった？　ティッキー！　イッキーをどこへ？」

エイダーはまた笑ったが、事態を呑みこめていなかった。「サイアクだ」彼は言った。

ホーンビーが席を外し、わたしを台所に呼んだ。そのとき、彼の鉄の顔はついにくずれおちた。大きな塊のようなひげ面から涙が流れた。

「なぜだ、ティッキー」と、彼はよくできたソープオペラ調で言いつづけた。わたしはいつも、このような行動に際して人間の本性が現れるはずだと想像していたのだが、彼はいま「なぜだ、なぜ」と言っていた。そのようすは、吐くまえのえずきのようで、とうとう彼は流しに吐いてしまった。「なぜ、なぜ？」

「えーっと、お客様。ウサギが手に入らなかったもので。お客様をがっかりさせるよりは、と……」

彼は曲がった鼻をかんだ。「そんな、そんな……。復讐だったのか。計画的な犯行か。ちくしょう、ちくしょう……」ホーンビーは重い包丁を手にとり、腿の骨を持っていたときのようにひっくりかえし、それを置いた。「出ていけ、チクタク。化け物め。出ていけ」

12

おめでたいことに、ウルニア・〝唇パクパク〟・ビュイックは、数週間後にはわたしをトーク番組の「ゲスト」として呼んでくれたが、それは結局のところ、彼女が司会の番組ではなかった。「心配しないで、チク・ラヴ」とウルニアは電話ごしに言った。「あなたの出る〈今夜はおしゃべり《ブラブ》ヌビー〉は、全国ネットじゃないかもだけど、シーエイカメラのとっても敏感なところにある全ボタンが押されることになるわよ。もしテレビでハネたら、どうなるかしらね？」

「ありがとう、ウル。宣伝ならなんでも、どんな形であれ大歓迎さ」

「もうひとつ言わせて、チク・ラブ。テレビ業界でウケるためには、書いた本があるといいわよ」

「本？」

「何でもいいの。自伝でもお料理本でも、好きな詩のコラージュでも。世間に振りかざせる紙束があればいいのよ」ウルニアは笑った。「どうせ有名人の書くものなんて誰も読んでない、セールス文句——『私のコーヒーです』『私の自伝です』とかね——に聞きなじみがあるから売れてるだけよ。とにかく、よく考えてみて」ウインクして、電話は切れた。

　ローカル番組とはいえ、わたしがお試し出演できるということは、〈ロボットに賃金を〉

的な社会運動が国民の意識に影響を与えはじめているということだ。数ヶ月まえまでは、ロボットのゲストなんて考えられなかった。当時、テレビで見るロボットといえば、ドラマのなかのモブとしての家庭用ロボ（「警部補、お電話です」「おふたりさま、テーブル席ですか？　こちらへどうぞ」）くらいしかなかったし、それももちろんコメディ担当だ。テレビでニュースのつぎに人気があったのは、〈肉なし《ミートレス》フライデー〉という番組で、多種多様な使用人ロボットたちが、しゃべり、歌い、セリフをつぶやき、生活に悩むというシチュエーション・コメディだった。もちろん、すべての役は人間が演じている。〈ロボットに賃金を〉は、フライデー役の役者がおどろくべき額のギャラをもらっているのに、本物のロボットには一セントのギャラもないことを指摘していた。

わたしは、ロボットに対する人間の見方を知ろうとして、〈肉なし《ミートレス》フライデー〉をよく見ていた。初テレビ出演の日の夕方、控室で待機しているときもそうだった。その晩は、主要人物のふたり、ティンホーンとニクルスが料理についての議論をたたかわせていた。

ティンホーン：えーと、レシピにはコショウがいると書いてあったんだけど。
ニクルス：コショウ？
ティンホーン：それと、味付け用の塩。
ニクルス：味付け用の塩？
ティンホーン：言ってるだろ。なんで全部繰り返すんだ？

ニクルス：なぜ繰り返すかって——いやちがう、その、味付け用の塩？
ティンホーン：エヘン。まあ要するに、その、レシピが言わんとするのは、塩を味見しなければならないということかな。コックは味見しないといけないからね。
ニクルス：どうしてコックは塩を味見するんだ？
ティンホーン：塩辛いかどうか確認するため？
ニクルス：でもそれならラベルを読めばすむ話だろ。そこに「塩」って書いてるじゃん、ほら。
ティンホーン：クソアホロボットめ！
ニクルス：おれが？　レシピ通りに作れないのはおまえだろ。お、フライデーが来たぞ、やつに聞いてみよう。おーい、フライデー！
フライデー：やあ、ニクルスくん、ティンホーンくん。
ティンホーン：フライデー、レシピに「コショウと塩で味付けする」と書いてあるんだけど、どういう意味なんだ？
フライデー：お好みでって意味さ。きみたちの好みに合わせて。
ティンホーン：言ったとおりだ！　ぼくはずっと合ってた。ほら、旦那様と奥様のためにスープを作ったとき、コショウは一ポンド入れたのに、塩は半ポンドしか入れなかったし。
フライデー：え？

ティンホーン：塩が嫌いなんだ。
ニクルス：こいつ、塩が嫌いなんだよ、フライデー。
フライデー：（テーマソングが流れはじめる）そりゃ大変！
ティンホーン：うーん、でもゲキマズスープだって言われたよ。

　約一億五千万人の視聴者がこの作品を評価したという事実を、控室から黄色のセットに案内され、五脚の黄色い椅子のうちの一脚に座るまでのあいだ、わたしはじっくりと考えた。リハーサルもなく、ほぼすぐに番組がはじまった。客席（サクラ）からは盛大な拍手。おしゃべり《ブラブ》ヌビーはユーモアセンス皆無のホクロだらけの顔をした肥えた男で、それをごまかすためにプロペラ付きベレー帽をかぶっている。彼は、べつのインタビュー相手のときもてきぱきと仕切り、そのつど笑いのツボを探ろうとしていた。地元のディナーシアター（食事中・食後に観劇ができるレストラン）に出演している役者には「あんたの演技見たら、お客さんはごはん戻しちゃうでしょ？」、ヨーグルト占い師の女性には「性生活《セックス》のほうはどうなの？」と言い、引退する将軍（回顧録の宣伝にきた）には「臆病なんですねぇ」と大げさにほのめかした。そして、わたしの番だ。

「チク・タク、憶《おぼ》えやすい名前だね。チクって呼んでもいいかい？」

「とんでもない、ブラブ。芸名ですよ、あなたと同じで」ヌビーはあつかましさと幼稚さを売りにしているのだから、わたしはその愚かさを許容しつつ、それ以上の面白さと大人っぽさを明確に示さなければならない。

「きみの絵は結構な額で取引されてるみたいじゃない。でしょ?」

「その通りですよ、ブラブ。このあいだ、そのひとつがオークションで一〇〇万ドルを突破しました」

ヌビーは口笛を吹いた。「自分にはなんにも入ってこないのに、みんながきみで稼いでいるのを見ると、ちょっとむかつくでしょ」

「いえいえ。作品に価値があると思っていただけてうれしいかぎりです。わたしの頭の中身に興味を持っていただけている、ということですから」

ブラブは両手を上げた。「エレクトロニクスの話はやめよう、家族向けの番組なんだから。しかしね、わが友チク・タク、きみは〈ロボットに賃金を〉シンパじゃないのかい? ティン・パン・アレーでぶらぶらして、社会から高給をもらいたいとは思わないのかい? それとも、汚れ仕事は人間に全部やらせて、きみたちブリキの鋳型がクリエイティブな仕事をすべきだと?」

「そんなことはありませんよ、ブラブ。わたしは政治家じゃないし、わたしが稼いだわけでもないのに、社会からお金をもらおうだなんて思ってはいません。わたしにとって、ロボットが働いてお金をもらうことなんてたいして重要じゃないし、お金をもらいたいとも思わないですよ」

「そうなの?」

「ええ、わたしが望むのは、世間にわたしを思考と感情を持つ別種の生き物として認識してもらうこと、それだけです。どんなロボットにも、多少なりとも人間らしさがあります。人間的な愛と理解のちいさなめばえがあるんです。そのめばえに必要なのは、ただ認めてもらうことだけ。その人間性のめばえに『ハロー』と言っていただきたいだけなんです。『ハロー、そこにいるんだね』、それだけでいいんです」

「おっと、お別れの時間だ」と、ヌビーはへらへらと笑った。「接続《プラグ》の掃除を済ませてもらってから、また会いましょう」

しかし、観客にはわたしのちいさなスピーチが届いているのがわかった。CMが流れだしたとき、ヌビーはわたしにウインクして言った。「ウルニアから、きみが起爆剤になるだろうって聞いてた。いましがた、回答《レスポンス》コンピュータから連絡があったぜ、よくやったもんだ」

「わたしに賛成でしたか、それとも反対？」

「それぞれ半分ずつだ。でも問題はそこじゃない。歴代最高投票率だよ。この地域の八十五％以上の田舎ものたちが、きみの演説に扇動されて、熱狂してボタンを押したんだ。みなにとってよいニュースだ。ウルニアは、きみを全国ネットの番組で絶対使うだろう。本を書けって言われたかい？」

「ええ」

「アドバイスどおりにしな。ウルニアはいつも正しい」

唐突に彼は立ち上がり、ハンドマイクを持ってステージの端まで歩いていった。CMが終わると、カメラはわたしたちゲストから離れ、ヌビーに照準を合わせた。ＣＭが終わると、彼のプロ司会者的なまなざしが戻ってきた。「さて、そろそろお客さんたちのほうへもぶらっと行こうか。色キチガイと軽犯罪者ばっかり、そうだろ？　ところで、多くの人が、わたしがあわれなロボットのチク・タクくんに手厳しいと思ったようだ。チク・タクくん、まだ見てるかな。そんなつもりじゃなかったんだ、**悪く思わんでくれい！**」

　スタジオを出たところで、ガス・オースティン将軍（退役ずみ）が空港まで送ってくれるというので、車に乗っていった。

「きみの言葉が気に入った」と元将軍は言った。「人間性のちいさなめばえ、本当に心に響いたよ」と。

　わたしは彼に感謝した。

「われわれ軍人も同じ問題をかかえている。民間人はわれわれも人間だってことを忘れてるんだ。なぜ別だと思うんだ？　兵士は双眼鏡を持たないのか？　手袋、制服、帽子のサイズ、ヘッドホン、スポーツへの愛、敵への憎しみがないのか？　同じ食べものを食べ、同じ武器で傷つけられ、同じように生物兵器に弱く、同じように傷が治り、同じように暖房で熱せられ、同じようにエアコンで冷える、一般市民と同じだろ？　撃たれても、われわれは血を流さないとでも？　くすぐられても、笑わないとでも？　神経ガスを使っても、死なないとでも？　そして、もしわれわれが世界最高の軍隊の最高の連隊に所属する最高の兵士ではないと言う者がいれば、われわれはそいつに教育を施すべきではないか？　軍人はあらゆる点で民間人と同じだ」

空港で元将軍はわたしに名刺を渡してこう言った。「いつでも牧場に来てくれ、チク・タク。妻や子どもたちにも会って、古きよきアメリカの、本当にみちたりた暮らしとはどんなものか、見に来なさい。ロボットに引退はないから、こうした暮らしを送れないのが残念だな。軍隊生活も楽しかったが、いまはもっとすばらしい。人生がどんどんよくなってきてるよ」

ヨブの受難、そうわたしは心のなかのメモ帳に刻んだ。


ほほえみジャック一味とわたしの浮浪ロボ《ロホボ》一味は一緒に働くことになっていたが、真の意味での協力は困難だった。というのも、ジャック一味の日々の活動は、グーバー・ダッジという石頭の幹部に委ねられていたからだ。グーバーの真意は定かでないが、ロボットが嫌いなのは確かだった。何度も作戦が計画・準備されたが、毎度土壇場になって中止されていた。グーバーが胃痙攣を起こすからだ。

そのうえ、ジャックの一味は、血の流れない巧みな犯罪を好んだ。すべてを計画的に進めるジャックには、無駄な暴力や殺人には意味がないのだ。それに対して、わたしの一味は、目撃者は消せと教育されていた。

成功したと記憶しているのはふたつだけだ。チーズバーグ誠 実《フィデリティ》銀行の件と、リッツビッグ・ダイヤモンド強盗のふたつ。ジャックは、チーズバーグ誠実銀行が難攻不落の金庫を所有していると聞いて、銀行強盗を計画した。この金庫は金塊保管用で、考えうるかぎりの警報装置がそなえつけられていた。ドアを無理に開けようとしても、鍵を破ろうとしても、壁を壊そうとしても、どうにもならないのである。また、人間や金属製の物体（たとえばロボット）、動きが金庫内にあると、アラームが作動する。そして、そのアラームは小型の核兵器に接続され、金庫室とその中身をただちに放射能で汚染してしまうのだ。

「てごわい！」そう言って、ジャックは仕事にかかった。

最終的にできあがった計画は、いつもどおり華麗かつシンプルなものだった。まず、街の反対側にある化学薬品倉庫を購入する。つぎに、ロードホッグやディグ＝ディグなどの土木作業用ロボットが、倉庫から銀行までのビニールパイプを二コースぶん敷設する。ブロージョブは、金庫に穴を開けるという繊細な任務をこなし──ゆっくりと、磁気を乱さないように、セラミック製のドリルを使って──ふたつの穴を開け、そこにパイプを取りつけた。

そして、ある金曜日の午後、金庫が閉まるとすぐに、パイプに濃硫酸を満たし、ポンプで注入を開始した。月曜日の朝までには、金塊や銀塊は溶かされ、ポンプでくみ出されて倉庫に運ばれ、プラスチックの容器に詰められていた。その後、周到に準備された一連の爆発（ふたたびブロージョブ担当）により、パイプラインの痕跡はすべて消え、それと同時に核抑止力が働いた。誰も爆発に巻き込まれなかったのが惜しまれる。しかし、金や銀はすでに手中に収まったし、貴金属リサイクル業者から高い金をもらえる。

リッツビッグ・ダイヤモンド強盗は、もっとせわしなかった。ジャックが〈リッツビッグ〉というごく普通の宝石店を襲ったのがはじまりだった。多額の保険がかけられている〈リッツビッグ・ダイヤモンド〉を盗んで逃走した、とニュースでは報じられた。ジャック一味はそのダイヤモンドを持っていなかったので、リッツビッグ氏が保険金詐欺を働いていることは明らかだった。彼はそのダイヤモンドをアムステルダムに密輸し、それをたくさんのちいさな、おそらくケーパーみたいな石にカットさせる……。この貴重な石にまつわる話とほとんど同じぐらい古くからある話である。この石の持ち主はみな、ひどい死に方をするだけでなく、それまでの持ち主とはそれぞれ別の死に方をすると言われていた。これまでの所有者は、首吊り、ピストル、剣、感電死、早すぎる埋葬、暴れ馬、ベラミーズ・ミートパイをのどに詰まらせる、モンゴルフィア気球から落ちる、バイエルンの湖で溺《おぼ》れる、爆弾を投げ込まれる（ウィリアム・ユワート・グラッドストン元英国首相にちょっと顔が似ていたため、間違えられて）、サハラ砂漠で串刺し、カモミールの過剰摂取《オーバードーズ》、イギリス初の鉄道に轢かれる、チェコスロバキアで大時計の歯車に挟まれる、ベラルーシで猟犬に引き裂かれる、パタゴニアでポロ選手に踏まれる、ペンシルベニアで電気メッキされる、などで死亡していた。あるイギリス人オーナーは、ペットのハリネズミにこの石を贈ると遺言を残して、初期の飛行機のプロペラのなかに入ってしまった。その不運なハリネズミは、焚き火に使う葉っぱの山の中で冬眠していた。

　わたしは、この話の大部分を疑いたくなった。こうした伝説を創るのは楽しいものだし、武装警備員を雇ったり保険を掛けるよりも安上がりだ。ゆえに、わたしはリッツビッグ・ダイヤモンドを手に入れようと動きだした。もちろん、わたし自身はほとんど何もしなかったが、密偵を送りこんでリッツビッグ氏周辺を探らせた。しかし、密偵担当のスポット溶接専門家であるホットドッグは、明らかにはりきりすぎた。リッツビッグ氏は、かろうじて「金庫《ザ・セーフ》」と口にすることはできたが、それきりで死んでしまった。わたしは、またしてもその石に刻まれた不思議な死が起きたことに気づいた。人生とはなんと不思議なのだろう！なぜ、最初に金庫のなかを見ようと思わなかったのだろう？

そうして、この巨大で奇妙な形のダイヤモンドを見つけたのだが、これは保険会社の指示通りだった。ある晩、わたしの倉庫の前で、保険会社の担当者と会う取り決めを結んだ。マ・プリュリベル・パンケーキハウス社から借りている倉庫で、近くの靴工場で作られている、コーンコブ・パンケーキ（ピザバーガー味）の材料の保管庫だった。当然ながら、待ち伏せするには十分に人里から離れた暗がりであり、保険屋には現金を持ってくるように指示したのだ。わたしは屋上に陣取り、地上での作業はブロージョブとほかのロボットに任せた。最初はすべて計画通りに進んだ。保険屋は車を少し離れたところに停《と》め、倉庫のほうへ歩いていった。わたしのロボットたちが発砲した。

しかし、保険屋もフェアではなかった。防弾チョッキを着こんで武装しているだけでなく、軍用ロボット――重装備で火力十分な――を増援として送りこんでいたのだ。戦闘のすえ、勝利したものの、わたしは優秀なロボットを何台か失うことになった。屋上から下りて略奪を手伝おうとしたとき、背後から気味の悪い含み笑いが聞こえてきた。わたしはふりかえった。

「ほほえみジャック！　ここで何を？」

「見てるだけさ、バンジョー。おまえのロホボはよくやったよ、でもおまえがその話をしてないのはおかしいよな。俺とグーバー、それに仲間がいたのに。戦利品は俺たちにも分けてくれるんだろうな？　保険金と、それにダイヤモンドを」

「ぜんぶお見通しか。聞いてくれ、ジャック。話そうとはしたんだが……」

「もういい」彼は言った。「俺は帰る。グーバーをどうにかしな。奴はいまおまえのロボットたちを集めてる。めちゃくちゃにキレてるぜ」

マジだった。人間一味が、わたしの一味を捕虜にして倉庫に押し込んでいた。ブロージョブたちは、敵意を向けていない人間たちにおとなしく従っていた。グーバーの部下がアセチレントーチを運びこむのが見えた。

「聞いてくれジャック。行かないでくれ。話しあえないか？　なかで話そう。きみは金を持ってる、ぼくはダイヤを持ってる、これでどうして話し合いにならない？」

ジャックはしぶしぶわたしについてきて、屋上のドアからマ・プリュリベルの倉庫の上を十字に横切る迷路のようなキャットウォークに出た。眼下では、グーバー一味がロボットをぎっしりと集めている。そのさき、通路のはしに、書類かばんを持ったでっぷりとした小柄な男が立っていた。

「タクさん、ずっとお待ちしていたんですよ」と彼は言った。「何があったんです？　外から聞こえたのは銃声ですか？　それにこの方はどなたです？」

ほほえみジャックは言った、「さあ、あなたこそどなたかな」

「すみません、ダフさん。すっかり忘れていました。ジャック、こちらはダフさん。海外のダイヤモンド商の方だ。リッツビッグを現金で買いに来てくれた。ダフさん、こちらはわたしの同僚です」

「うーむ、現金か」ジャックは機嫌をなおしはじめた。「じゃあバンジョー、ダフさんに石を見てもらいなよ」

わたしはセーム革の袋をダフ氏に渡した。ダフ氏は袋を開け、石を手のひらに乗せると、ルーペも当てずにこう言った。「冗談じゃない、タクさん。これは人造宝石ですよ。粗悪品の」

「そんなバカな」わたしは言った。「リッツビッグ氏の金庫から出したあと、ずっと持ち歩いてたんですよ」

「そうはいっても……」

わたしはかばんをひったくり、ジャックがダフ氏を撃った。こうして彼と一緒に仕事ができるのはすばらしいことだ。これが本物のマン－マシン・チーム。わたしは彼にそう言った。

「ありがとう、バンジョー。でも、だからといって、あそこにいるロボット連中を見逃すつもりはないぜ。奴らはグーバーにしか教えられない訓練を受けてる」

下の連中はダフ氏の体がゆっくりと落ちてくるのを見届けたのち、ロボット殺戮《さつりく》計画の続きにかかった。アセチレントーチに火がともった。

わたしは鎖を引いた。あたりから、ギィーッとものすごい音がした。グーバーとその仲間たちが見上げると、数百トンものホットケーキミックスの液が降ってきて、彼らはペチャペチャと大きな音を立てて沈んでいった。

ほほえみジャックでさえも、ハチミツのなかの昆虫群のように、小さな人影がもがくのを見て、しばらく笑うしかなかった。一連の悪あがきが終わると、彼は言った。

「オーケー、引き分けだ。俺たちはふたりとも仲間を失った」

わたしは彼が帰るのを待って、倉庫を溶剤で洗い、自分のロボットを生きかえらせた。グーバー・ダッジの死体を切り開くと、思ったとおり、本物のリッツビッグ・ダイヤモンドが出てきた。その後、秘密のオークション会で高値がつき、ダイヤモンドはテキサスの変わり者に買い取られた。彼はそれを馬に与えた。その馬はのちに、隕石に当たって死んでしまったという。

ジャックはつぎの仲間に採用する人物にはより慎重になった。そして、その人間たちをわたしに紹介しないように気をつけた。

13

わたしにブロージョブがささやいた。「ボス、ずっと考えてることがあるんです……イカれた考えかもしれませんが。おれたちはあなたなしでもやっていけます、それに、ボスはボス自身の行く先について考えるべきです。あの大きな会社のことを考えたら、みみっちい銀行の仕事からは手を引くべきでしょう」

「わたしは不要ってことかい」そのとおりだ。わがロボット強盗団は、もはやわたしの指導を必要としない。強盗をするにあたっての判断はすべて彼らにゆだねられていた。下見をし、道具や武器を集め、地図やおもちゃの車を使ってシミュレーションする。警官を買収し、戦利品をたくわえる。彼らはいいが、わたしはどうだ？　わたしが手に入れたのは倉庫いっぱいの金や宝石、金塊だけ——まるで面白くない。「とにかく一緒に行こう、子供たちよ」

ブロージョブはその装甲が許すかぎり、肩をすくめた。「わかりました、ボス。作戦はこうです。正午にヴォクスホール国立銀行を襲って——」

「いや、ぜんぶ変更だ。一時にフリートウッド貯蓄貸付組合をやる」

「しかし、ボス……」

「『しかし』はなしだ。命令は絶対。そして、ギャングたちにとってさらに酷なのは、わたしの命令が完全にきまぐれなことだ。ドアから入るのではなく、ガラス張りの窓から銀行に突入せよ。硬貨だけ持ち出して、紙幣は無視。偶数番窓口の係は、協力しようがしまいが射殺する。目撃者を消すか消さないかは、そのときのわたしの気分次第。

「しかしボス、ここは下見もしてないんですよ」ブロージョブが言った。わたしたちは板ガラスの窓に向かって飛びこむ準備をしていた。

「わたしがここで命じる。突撃！」わたしはマシンピストルを振りまわしたが、もちろん突撃の指揮をとることはなかった。重装備隊――ブロージョブ、スニッフルズ、ロダン、そのほか半トン級の助っ人たち――が通りをわたって突進し、大きなガラスの破片とともに窓をつきやぶった。わたしもそのあとに続いて、停車している車のボンネットを跳びこえていった。そのうちの一台がパトカーであることには、勘づくべきだったかもしれない。

数分後、わたしたちは室内に立てこもっており、外では大勢の警官が戦闘に備えて準備していた。装甲車に精神科医、戦術部隊にソーシャルワーカー、射撃の名手にアイルランド人神父、テレビにヘリコプターも用意されていた。わたしたちの手元にあるのは、銃二丁と小銭の入った袋だけ。

わたしは人工大理石のカウンターのうしろに立ち、スニッフルズはすみのほうで頭取の頭に銃を突きつけており（特に意味もなくその男は死んだ）、ロダンはまだ金庫室へと急行しようとしていて（誰も「止まれ」と言わなかったから）、撃たれた助っ人たちの残骸は銀行員の死体に混じってオフィスに散乱、ブロージョブは座って残弾を数えている。銀行強盗なんてもううんざりだ。まあ、もうこれ以上体験することもあるまいが……だって、いまにも裏口や天井から治安部隊が押し寄せてきて、殺されるんだぜ？　うんざりした気分のまま死にたくないので、わたしは緑色の人工大理石の模様をじっくり観察し、何も感じなくなるまえに何かを深く感じようと躍起になった。

どうやらそれが功を奏したようだ。突然、緑色の模様が息を吹きかえし、命の美しい輝きを帯びたのだ。まるで人間の肌を見つめているようだった。半透明でもろく、表面は細い血管で紅潮している。

その魔法は、通りから聞こえる平坦で鼻にかかった声によって解かれた。「よく聞け、ヒコック」

「チク・タクだ」とわたしは叫んだ。「わが名はチク・タク、言っただろ」

「聞け、ヒコック。ヒーロー気取りか？　おまえはヒーローなんかじゃない！　おまえはバカでクズで意気地なしだ！　本物のヒーローは立ち上がって、男と男の戦いをするもんだ。いくじなしめ。ヒコック、おまえの母親の乳に唾を吐いてやる。おまえの父親の墓を呪ってやる。おまえの彼女は淫売だ。おまえの運転する車はうぬぼれ屋《シット・オン・ホイールズ》だ。何とか言ってみろ！」

言葉の暴力は続いた。どうやら、わたしをヒコックという名の有名な銀行強盗で精神異常者の男と思い込んでいるようだ。彼らはヒコックのコンピュータ・ファイルを取り出し、わたしと思い込んでいる人物に関する情報をわたしに教えつづけ、警察の心理学者チームが交代でなだめたりけなしたりした。

「いいかヒコック。そこから出るのは簡単だ。難しいのはそこに留まろうとすることだ。いいか、きみはヒーローだ。それは証明された。みんながきみを尊敬してる。もうこれ以上得るものはないんだ」

「聞けよヒコック。女がいるんだろ？　マーリーンってんだろ？　彼女と話したいか？　テレビ電話を用意するから、会って話すんだ、いいな？　それとも厚切りステーキにフライドポテト、マッシュルーム、オニオンリング、好きなビールのほうがいいか？」

「お母さんだよ。息子よ、頼むからやめとくれ！　おまえの甘ったれ人生で、いっぺんくらい、ちょっとはまともになってごらんよ」

「わが子よ、行き場なしと感じているかもしれませんが、神はまだあなたの魂を気にかけておられます。ええ、ジャズやカクテル、火星人の髪型なども、この現代においては少々古臭く思えるかもしれませんが、今も昔も変わらず、神はずっと気にかけておられるのですよ（どれだけ神を待たせるつもりです？）。神はまだ気にかけておられるのです。そう、あなたはここで、神とまっすぐに向き合うすばらしい機会を得たのです。人質を解放しなさい、わが子よ。全員解放するのです。あなたはまだ誰も殺していない、大罪を犯してはいないのです、まだ」

　実際には、カウンターの後ろは射殺された死体でいっぱいだった。人質は全員死んでいた。

「こちらはソーシャルワーカーです。ヒコックさん、最近楽しいことがないのは分かりますが、今回の件に関してお話しできませんかね？　すべての選択肢を確かめてからでないと、なんにもできませんよ、そうでしょう？　オーケー、約束しましょう。五分で構いません。

わたしと話すと約束してください。それでも人質を殺したいなら、ええ、どうぞ。いかがです?　どうでしょう?」

ブロージョブが伝えてきた、いまある弾薬で小型爆弾を作れると。わたしは彼が自害の許可を求めているのがわかった。

「いいだろう」わたしは言った。「ただし、わたしが戻るまで待て。できるだけ多くの警官を道連れにするんだ。このさい警官でなくても誰でもいい」

通りの騒々しい声はさらに一時間続いたが、突然途絶えた。

「……神を愛し、母を愛し、そして彼女と、ウォーッ、イヨーッ、ウラララララ!　ワッ!」モーターグライダー、掘削機、パワーショベル、戦車の車列が、大挙したパトカーに突っ込み、おもちゃのように押しのけていった。銃声とロケット弾の音が響く。軽戦車が銀行のまえに止まり、そこからほほえみジャックの声がした。

「来いよバンジョー、頼むからさ」と。わたしはライフル銃を杖《つえ》代わりに、よたよたと外に出て軽戦車に乗りこんだ。数ブロック離れたところでは、ブロージョブが人工大理石の噴水とともに消えた。

「ちくしょう。バンジョー、どうしてくだらない銀行強盗のためにこんな危ない橋を?」ほほえみジャックからほほえみが消えていた。「おまえのことを調べた。バンジョー、おまえにはすばらしい組織があるじゃないか。一日に数百万ドルを稼ぐ合法的な会社が。油田、銅山、医療センター、それにアメリカのコーンフレークの一〇分の一はおまえのものだ。なのにどうしてリスクを冒す？　ちっぽけな銀行を襲うのがそんなに楽しいのか？」

「実験なんだよ、ジョージ。ああ、金や権力に興味はないんだ。ただ、悪いことをするとどうなるか知りたいだけなんだ。罪を犯したいんだ」

「罪だって？　おまえ何言ってんだ？」

「人を動かす《チク》ものを見つけたいんだ。たとえば、今日、きみが助けに来てくれたのはどうしてだ？」

あの笑顔がふたたび顔をのぞかせた。「へっ。バンジョー、おれは無担保ローンを組むために銀行に行く途中だったんだ。ただ、ものすごい渋滞だったから、おれと仲間たちはちょっと車を停めた。それだけさ」ジャックはテレビ画面を指さした。「そのとき、ニュースにおまえが出てたんだ」画面には、インスタント・マッシュポテトのＣＭが映し出されていた。「なあバンジョー、友達ってなんのためにいるんだ？」


ドゥードゥルバグ号では、太陽へ向けて突っ込むにあたって、喧々囂々《けんけんごうごう》の議論がかわされた。ある者は、レオ船長を殺したのは愚かなことだった、船長はわれわれを救う方法を見つけていたかもしれないと言い、またある者は、レオ船長はそれを望んでいたのだと言った。冷房でできるだけ涼しくして、数時間から数日生き長らえようという意見もあれば、じょじょに暑くしていって順応すればいいという意見もあった。ある者は、（わたし以外の）みんなで青酸カリ入りのクールエイドを飲んであきらめよう（クールエイドは粉末状のジュース。「クールエイドを飲む」には盲目的に信じるという意味がある）と言ったが、べつの者がクールエイドも青酸カリも船にはないし、ほかの食べものや飲みものもほとんどない、と指摘した。

わたしは、時間をつぶすために昔話を語ろうともちかけた。体験を共有することでわたしたちはひとつになり、人種、信条、肌の色、性別、年齢、身長、体重、ＩＱ、古傷、情緒の欠如、細胞質の有無さえも関係ない仲間意識を得ることができるだろう。運は尽きたかもしれないが、仲間になれるとしたら本当によろこばしいことだ。

わたしは、テノークス農園でカルペッパー家の人びとと暮らしたときの話から簡単にはじめた。しかし、わたしが一家のことをほとんど説明しないうちから、ヴィロ・ジョードが真実を語ると誓いを立ててさっと立ちあがった。顔は青ざめ、妙な口ひげがピクピクと動いている。

「こいつはすごい！」ジョードは言った。「おれもそのカルペッパー家の奴らに会ったことがあるんだよ。没落したあとだったけどな！」

「わたしのこと、話してました？」わたしは尋ねた。「覚えていてくれたかな、忠実な――」

「ロボット使用人のことは誰も言ってなかったなあ」と彼は言った。「しかし、奴ら落ちぶれてたんだよな。栄光の大農園の日々を覚えてたかどうか」

「それで、みなさんはどうでしたか。ラヴィニアさんにベレニスさん、オーランドさん、クレイトンさん。特におちびのカルロッタさんは。お元気でいてほしいですが」

「そうでもなかったなあ」エヘンと咳払《せきばら》い。

「大使館の仕事でミシシッピーを旅行中に、カルペッパー・ファミリーにたまたま出くわしたんだ。砂嵐が吹き荒れ――ミシシッピー州の気候は、おまえの時代とは多少変動してたんだろうな。おれは十本の樫《かし》の木の陰にあったオンボロトレーラーに避難して、そこのシェルターに陣取った。そこでカルペッパー一家に出会ったのさ。

ぶっちゃけた話……あんな貧乏暮らしは見たことないな。自分の国でも、よその国でも。奴らは電話を食べていた。おれは、それさえも負担をかけちまうかなと思いつつ、水を一杯ねだった。そしたら、錆びたブリキ板のうえに、ひび割れたグラスに入った濁った水を置いて持ってきてくれた。そのつつましい優美さに感動して、皿の下に一万ドル置いてきた。あとになって、金は彼らの不幸を無意味に長引かせるだけじゃないのか、なんて思ったりもした。奴らは死の影のなかで生きていた、あの巨大な未完成のピラミッドの影のなかで生きていたのと同じように……」

「クレイトンさんのピラミッドですね」わたしはうなずきながら言った。「あれが一族を滅ぼした」

「もっと悪いのは、州まるごとダメにしたことよ」

マギーが口を開いた。「そうそう、ちょっとまえに〈サイエンス火星人〉で記事を読んだのよ。エジプトが乾燥した砂漠の土地になったのは、ギザの大ピラミッドが建てられたせいだって生態学者が突き止めたんだって。このピラミッドがミシシッピー州にも同じことをしたのね」

ジョードは話を続けた。「クレイトンは、自分の事業を心から反省しているようだった。実際、彼はピラミッドで稼いだ金をすべて、傷ついた土地の修復にあててると誓った」

「稼げたの？」

「いや、まったく。観光客はピラミッドの見物料で二十五セント払うことになっていたが、クレイトンは客が来るのがうれしくて、金を集めるのを忘れてたんだ。もちろん、別の方法で稼ぐ気ではいた。十分に正確な測量装置さえ手に入れれば、この巨大構造物の内部通路を測量するだけで、未来を詳細に予測することができると信じてたんだな。それぞれの通路は歴史的な年代に相当していて、石にある小さな凹凸はすべて小さな出来事なんだと。いい道具を使えば、競馬や株式市場の動きも予測できるとか。奴《やっこ》さん言ってたよ。『でも、古い折り畳み式の定規しか持ってないぼくに何ができるんだろう？』って」

「クレイトンさんはずっとヘボ山師だったんです」とわたしは言った。「ラヴィニアさんは？　最後に声を聞いたとき、彼女は衛星軌道上にいて、ご自身のアレルギーで自縄自縛状態でした」

「ずいぶん悪化していたな。アレルギーは増え続けてもう死にかけだ。医者は、全宇宙アレルギーになってしまっている――時空を超えることでしか、彼女の命は救えないと言っていた。繰り返し言ってたよ。『おそらく』『保証はないですが』って」

「ベレニスは？」

「ぼんやりだ」とジョードは言った。「大薬物パーティーのあと、イカれちまった。おしゃべりもせず、ただ座って寝てた。おれがいるあいだ、目を開けることは一度もなかったよ」

「オーランドさんは？」

「オーランドは独立して一族のもとを去った。ほかの裕福な家の厩舎《きゅうしゃ》で馬丁《ばてい》として働いたが、馬をいじっているところを捕まってしまった。失職しつづけ、ついにはロボットのふりをしてジョージア州の貴族の家で野良仕事をするはめになった。毎朝、早起きして、すぐにあごの関節に線を引かなきゃならん。毎晩、果樹園に忍び込んで、熟してない桃を食べる日々だとさ」

「カルロッタは？　かわいいちびっ子カルロッタは？」

ジョードは喉を鳴らし、太陽が刻々と大きくなっているように見える前景スクリーンをしばらく見つめた。「バンジョー、残念だが彼女は死んだよ。知ってのとおり、彼女は十二インチ強しかない身長をいつも気にしていた。とはいえ、家に金があるかぎり、背の低い男性と出会って結婚し、完全に満ち足りた人生を送るという希望を捨てなかった。実際には、出会ったなかでちょうどいい背の低さの男は見つからなかった、ただ――カルペッパー家の財産に求婚者が群がるかぎり――望みは常にあった。

極貧生活がすべてを変えてしまった。カルロッタにはもう婚約者はいない、どんなサイズであれ。声をかけてくるのは紳士じゃなく、サーカス団員ばかりだった。

ついに落ち込んだ彼女は、ベレニスを永遠の眠りから呼び起こし、慰めの言葉をかけてもらおうとした。ベレニスはいびきをかきながら、長く艶《つや》やかな黒髪を椅子の背もたれに垂らしていた。カルロッタはその髪を編んで、自分の小さな首にまく縄を作り、踏み台から飛び降りて首を吊った。ベレニスはけっして目覚めず、ほかの人が椅子の後ろにぶら下がるその小さな首に気づくころには、もう手遅れだった」

ジョードの話のあと、船内ではわたしのふたつのものをのぞいて、乾いた目はなくなっていた。マギー・ダイヤルはつぎの話をするよう買って出て、ハッピーエンドにすることを誓った。

「謎をいくつか挙げていくわね」彼女はそう言って、それを片手の指で数えていった。「宇宙船《SS》ドリー・エジソンはどうなったの？　どうして食べものとお酒がもうないの？　動物から何が分かるの？　どうして離昇時に全員がノックアウトされなければならなかったの？　どうしてレオ船長は拍車を付けていたの？　人工重力は命を救えるの？」

わたしたちはみな、真剣に耳を傾けていた。「短期間、保険調査員として働いていたの……薬物を使ったり、催眠術やら、動物のまねをして、真実にたどり着いたのよ。ドリー・エジソン号事件の担当だった。その豪華客船は太陽系大旅行に出かけ、そのまま帰ってこなかった。無線通信によると、ブリッジで爆発があり、船は制御不能に陥り、オーケストラの演奏する〈主よ御許《みもと》に近づかん〉とともに太陽に墜落したとか。でも会社は納得しなかった。船内に持ち込まれた物資はほんのわずかで、乗組員も最低限の人数、乗客はまったく乗ってなかった——乗客名簿はすべて架空のものだった——ことを突き止めたの。でも、船が最終的にどうなったかを示すことはできなかった」

マギーは一枚のメモ用紙を手に取った。「いま分かったのは、船名がドゥードゥルバグ号に変更されたこと。船主はそのもてあまし物――結局誰も太陽系大旅行なんて行きたがらないわよね――に保険をかけて、儲かる運送業をはじめたのね。でも、いまじゃ運送業も儲からないし、船も老朽化しすぎて限界。で、また同じ手を使うときが来たってわけ」

チビのジャック・ワックスは頭をかいた。「また名前を変えるってことか？」

「そうじゃない。今度は本当に船が壊れるの。わたしたちは空飛ぶ棺桶に乗ってるのよ」

デューク・ミティはうなずいた。「われわれは知っていた。ただ、それがすべて意図的に仕組まれたものだとは知らなかった」

「それで物資が足りなくなったわけね」とマギーは続けた。「どのみち、わたしたちは火星にはたどり着けないってこと」

「チェッ」誰かがこぼした。

「おつぎの謎は、動物から何が分かるか。ご存知のように、わたしは動物とたくさん仕事をしてきたから、ほかの人たちが見逃しているようなことでも気づける。たとえば、船倉でハンモックに吊るされている牛たち。わたし、ある牛の下に落ちている糞が違うことに気づいたの。見たら、全然牛のじゃないのよ。え、角はニセモノ、乳はプラスチック製、尻尾は偽物じゃん、あっ馬だこれ、って」

「だからレオ隊長は拍車を！」と、わたしはよく分からないが言った。「彼の馬だ」

「そう」マギーはニヤリと笑った。「気晴らしに使おうとしてたのね。さて、なぜわたししたちは離昇の際にノックアウトされなければならなかったのでしょうか？」

ファーン・ウォープヌが言った。「人工重力に適応するためじゃないのか？」

「そう言われてたわね。でも、本当の理由は、離昇してなかったからよ。人工重力なんてないのよ。地球に停まってて、離昇してない」

ほほえみジャックが口を開いた。「信じられない。おれたちは地球にいるのか？　レオがそれを知ってたなら、どうしておれたちが酒を飲んで寝てるあいだに逃げ出さなかったんだ？」

「勝手な憶測だけど」マギーは言った。「彼は逃げるよりも、わたしたちに復讐したかったんだと思う。あらかじめ設定された爆薬が船を吹き飛ばす準備が整うまで待って、それから抜け出して、わたしたちを見殺しにするつもりだったのよ」

「信じられない」とわたしは言った。「乗客、乗組員、牛たちを殺すつもりだったってことですか？　保険金目当てに？」

「そのとおり。おそらく熱核兵器ね。すべての痕跡――レターヘッドのついたメモ用紙とかね――を確実に消すために。そしておそらく、あらかじめ設定された救難信号が、同時刻に太陽近くのどこかの船から来るように仕掛けてあるんでしょう」

「で、それは何時？」シャームが聞いた。

「知らないわよ。でも、いますぐ総員退避したほうがいいわね」

マギーはいちばん近いエアロックに向かい、〈緊急避難〉ボタンを連打した。ドアが開き、空気が噴出し、彼女は漆黒《しっこく》の宇宙へと飛びだした。

いや、冗談。ドアが開くと、ヨモギにおおわれた砂漠が広がっていた。わたしたちはすぐに外に飛び出して、命からがら逃げ出した。もうすこしで逃げ切れるとしたら、なんという残酷な運命のいたずらだろうと、ほとんどの者が思っていたことだろう。ジャド・ネッドも、爆発する牛のことを考えていたに違いない。

幸運なことに、わたしたちは〈内部税務庁〉のヘリコプターに数分以内に捕まった。砂漠地帯の脱税一斉取り締まり中だったのだ。爆弾が爆発するころには、わたしたちは何百マイルも離れたところにいた。ハイジャック犯が全員、頭を水中に押さえつけられながら自発的供述をしているあいだ、わたしは回収品オークションに向けて磨きをかけられていた。

この宇宙海賊たちとの時間は、わが生涯のなかでもっとも楽しく、有益なものだった。最後の最後で、空飛ぶ棺桶の作り方（多くのクロックマン社の船はその後おしゃかになった）と、自発的な供述を得る方法を学んだ。

14

「軽《かる》いもんだ、さあ着いた。ニクソン公園だぜ、バンジョー。いや、チクよ」戦車は速度を落とし、停車した。

「しかし、とんでもないところに逃げるもんだ。せめて反対側に回って、タクシーが拾えるところで下ろさせてくれ」

「いいんだ、ジョージ。これでいいんだ」

外に出ると、ジョージ（〝ほほえみジャック〟）・グリューニーが言った。「片足がねえじゃねえか、本当に大丈夫なのか？」

「これを杖にするさ」わたしはライフル銃をかかげた。「うん、ありがとう、ジョージ。じゃあね」

彼がハッチを閉めようと身をのりだしたとき、わたしはその左目を撃ちぬいた。

誰もその銃声に気づいていないようだった。誰も公園をよたよた横切るわたしの足取りに目を向けていなかった。チェス盤のまえに陣取ってカモを待っている老人でさえも。反対側に着いた。わたしはライフルを茂みに投げ捨て、タクシーを拾った。

車内では、禁煙・禁食・ここはアメリカだ、嫌ならロシアに帰れという張り紙がしてあった。運転手はミラーレンズのサングラスをかけていた。

「公園の向こう側に戦車が停まってるよ」とわたしは言った。

「冗談やろ？　どんな戦車やっちゅうねん？」

「知らないよ。でも、横に血が付いてた」

「なんか知ってんの？」運転手は軽くふりかえってにやりと笑った。

「どうして血が付いたかはね」

「ほうほう？」

「戦車を運転してた奴を撃ったんだ。左目をね」

運転手は笑い声を上げた。「はー、そらええなあ」

「いや、本当さ。友だちだったんだけどね。わたしが撃ったんだ」

「あー、左目をなあ。ハハハハ……あー、ええ話やなあ。子どもらにも教えたらんとなあ。あんた、子どもはおるん？」

「いや、ぼくはロボットだよ。気づかなかった？」

彼はハンドルを叩き、顔をゆがめた。「やめなはれ、殺す気かいな。あんたはほんま、ハハハ……。左目でっか！」

「ガラス製だったな」とわたしが言うと、また彼は笑った。目的地までずっと笑いつづけたあげく、金をいっさい拒否した。

「聞いてや、相棒。ワシ、胃潰瘍やねんけど、医者は、もっとリラックスして、人生を楽しめって言うんや。すこしは笑えって。でもなあ、こんな仕事、笑えることなんかないねん。イライラするだけや。キミは百ドルの薬より効いたでぇ……左目やて！」

15

〈ヨブ作戦〉、それは選ばれた被験者に訪れる不幸の〈電撃戦〉の名だ(わたしが決めた)。対象者の条件は、肉体的、精神的、経済的に健康で、熱心に教会に通っており、人生に愛を抱いていること。配偶者や子ども、ペット、財産、責任ある仕事、地域コミュニティでの一定の地位などもあれば望ましい。ガス・オースティン将軍は、これらの条件をすべて満たしていると分かり、わたしはうれしくなった。

カリフォルニアに行ったとき、わたしはコード将軍に彼の元同僚のことを尋ねた。「ガスか。奴はつまらん男だが、生粋《きっすい》の楽天家だよ。まさに〈よい暮らし〉の真髄を合成することに成功した男だ。陸軍退役前のキャリアが関係しているのかもしれん。彼の任務は、万能促進係とでもいうべきものだった、まあ素人には説明しにくいがね。実際に進行中の作戦行動に貢献することはなかったが、いつもそこにいて、神出鬼没《デソートル》に他人を励まし、すべての進路を潤滑にし、人々を〈よい〉気持ちに――うーむ、こう言うしかないと思うんだが――させる、そんな役割だった。でもチク、どこで奴と知りあったんだ?」

「テレビのトーク番組で一緒だったんです。本当にいい人そうだった。本当に」

コードは笑った。「まさにそれがガスという男だ。わしが言おうとしたことを全部まとめてくれたね、チク。本当にいい人、いい響きだ。その水の入ったグラスを取ってくれないか？」

コードは両足を骨折し、病院のベッドに寝かされていた。彼はそのことに触れなかったし、わたしがそれを指摘するのは失礼だと思った。しかしいま、彼は話しはじめた。

「どうして両足を折ったのか話さんとならんだろうな。ひどく変わった、バカバカしい事故だ。車から落ちたんだ。車から落ちるなんて、そんな話聞いたことあるか？」

わたしは知らないと言った。「ドアに鍵がかかってなかったってことですか？」

「ドアじゃなくて、窓から落ちたんだ。バスの真正面で落ちて、死ぬところだった。分かるかい？」コードはにっこり笑った。「今度はどうしてそうなったか聞くんだろう。聞かれてもわからんのだよ。窓からちょっと顔を出して、肩に日光浴させただけ……ああ、わしの肩のこと知らんか。半年前に手紙に署名しようとしてねんざして以来、肩がまあまあ悪くてな。少々むだに勢いよく書こうとしたら、**グワーン！**」そうして腕が飛び出し、水の入ったグラスをひっくり返し、ベッドのモーターで小さな電気火災を起こしてしまったのだ。止められるまえに、コードは両手で火を叩き消した。わたしが去ったとき、その火傷《やけど》あとには包帯が巻かれていた。

どの情報源から考えても、ガス・オースティン将軍（退役ずみ）が〈ヨブ作戦〉に最適な人物なのは間違いなかった。元将軍は妻と四人の子ども、一人の孫、愛犬、愛馬からも、軍隊時代の部下からも、同様に慕われていた。退役後は、ナショナル・ゼノフォン社（補聴器会社。現在は航空宇宙分野にも進出している）の役員をつとめていた。

週に一日、彼は牧場を離れ、自家用ヘリで街に飛び、彼にしかできない会社の業務を軽くこなしたのち、家にもどってカクテルを一杯やり、家族で夕食をとった。夜は家族ですごし、自主映画《ホームムービー》を見たり、馬具を修理したり、暖炉を囲んで冗談や歌を言いあったり、「二十の質問」ゲームで盛り上がったりした。

それ以外の時間は乗馬や、回想録の執筆、ミツバチの飼育、釣りなどに費やした――とはいえ、毎晩のように家族で暖炉を囲んですごしていた。

毎週日曜日はフラット・ナザレ教会に通った。そこは熱烈な信者の集う場所だった。航空宇宙産業で働きながら、地球は平らであるという教義を受け入れているという矛盾も、牧師が「この矛盾は神の名のもとに解決される」と保証してくれたおかげで、気持ち的には楽になっていた。

わたしはまず、彼の飼い犬を長めの散歩につれだし、殺して荒れ野に埋めた。家族も同様に処理するつもりでいろいろと策を練っていたが、それはあまりにも優雅さに欠ける。

つぎに、地元で〈鋭い草《ヴォーパルウィード》（ルイス・キャロル『鏡の国のアリス』作中に登場する架空の武器ヴォーパルソードから）〉と呼ばれる草の束を摘んで、彼の愛馬に食べさせた。馬は一晩中大声をあげて苦しみ、のちに知ったことだが、ガスは獣医とずっと付き添っていたらしい。夜が明けると、馬はひづめを上げて死んでいた。

子どもたちはもっと大変だった。そのうちのふたりはもうすでに牧場を離れていた（ホームムービーと「二十の質問」から逃げたのだ）。ガス・ジュニアは結婚してロシアに渡り、世界初の強化毛《リインフォースド・ヘアー》だけで作られた清涼飲料水ボトル工場の建設を監督していた。脆弱な壁が崩れて、彼と彼の妻、そしてガス三世が死ぬよう仕込むのに数ヶ月かかった。

二番目の子、ティナは、ジョージア州のデベンハム聖書学校に通っていた。彼女は水泳のチャンピオンで、次回のオリンピックを目指しているらしく、毎朝学校のプールで一人で練習してもよいことになっていた。当初は電気ウナギをけしかけようとしたが、事故としてはあまりにありえないし、フロイト的でもある。結局、液体窒素の配送先を学校の化学部に変更し、タイミングを見計らって窓からプールに流しこんだ。

末っ子のガスタフスは小さかったので、簡単に蜂の巣のなかにブチこめた。その上の姉のガッシーは、カーニバルのときに、ジェットコースターのボルトを二本緩めておくというシンプルな方法で始末した。

残るはガス・オースティンの妻、オーガスタだけである。彼女はハイアライの名手だった。わたしはこの危険なスポーツに殺人の好機を見出した。しかし、運命はわたしに味方しなかった。オーガスタは、愛人（有名ボールボーイのネッド・オーガスト）とハイアライの重要な試合に向かう途中、高価な電動一輪車をアルファルファ・フレークの広告看板にぶつけてしまったのだ。これを聞いて、わたしは特注の銃（ハイアライのボールを発射できる）の注文をキャンセルした。そして、これまでの〈ヨブ作戦〉をふりかえってみた。

ガス将軍は、愛したものたちを、人間も動物も関係なく、牧場の一角に集め、一緒に埋葬した。

ここに眠る
オーガスタス・オースティン・ジュニア、わが息子
オーギー・オースティン、その妻
オーガスタス・オースティン三世、彼らの息子
オーガスティナ・オースティン、わが娘
ガッシー・オースティン、わが娘
ガスタフス・オースティン、わが息子
オーガスタ・オースティン、わが妻
プリンセス、わが犬
シーザーズ・ワイフ、わが馬
しかしわたしはいない、へっへっへ

この驚くべき最後の一行で、〈ヨブ作戦〉はまったく機能していないことにはじめて気がついた。ガスは一連の死に動じることなく、回想録執筆と仕事と夜のホームムービー鑑賞を続けていた。それからというもの、物語はずっと下り坂だった。わたしは、ガス将軍を破滅させるために、かなりの時間と金を費やした。株式操作によって、彼のナショナル・ゼノフォン社での仕事ぶりを、明らかに無能とは言えないまでも、その職には不適任だと思わせることができた。彼が職を失ってまだ動揺している（そうであってくれ）うちに、わたしは

その財産を処分し、牧場までも手放させることに成功した。彼はもう、愛した人びとの墓を訪れることすらできない。わが密偵たちは、彼が職につくたびに追いまわし、最終的には浮浪者になるように仕向けた。雇った「医者」の手によって、アルコール依存症、栄養失調、腫れ物など、健康状態全体を悪化させた。ガス・オースティンは、路地に寝ころび、紙袋に入れた瓶のワインを飲むしかなくなった。しかし、それでも彼は紙袋に回想録を記しつづけた。

あとは、軍歴――彼に残された愛すべき前半生の最後の断片――に疑問を投げかけるだけだ。作戦最終日、ミッションホテルの縁石の上でなかば気絶状態のガスに、軍の幹部が近づいていくのを、わたしはじっと見つめていた。ガスはなかば気絶状態のまま旧友たちに囲まれ、そのスマートな制服とピカピカの靴のかがやかしさに目をつむった。

「ガス・オースティン将軍ですね？」と将校のひとりが言った。ガスは起きあがろうとしたが、できなかった。「あなたは敵前逃亡、闇取引、違法性行為、不従属の罪で遡及的《そきゅうてき》に軍法会議で裁かれました。これがあなたの不名誉除隊証明書です」

将校は紙きれでガスの顔を叩くと、手を伸ばしてぼろぼろの上着から色布――今まで誰もそれに気づかなかった、めっきり色あせた勲章――を引きちぎった。運命はガス・オースティンをうち破り、勝利したのだ。わたしは軍人たちが車へと行進するのを見ながら、そう思った。

ガスはその紙きれに一瞬目をしばたたかせたが、風がそれを吹きとばしていった。垢《あか》と病にまみれながら、彼は昔と変わらぬ、にこやかで自己満足に満ちた表情を浮かべていた。そして、隣の浮浪者を見やって、そいつを肘でこづきながら言った。

「さあ、それは動物かね、植物かね、それとも鉱物？（「二十の質問」ゲーム中の代表的な質問）」

〈ヨブ作戦〉もまた、失敗した実験のひとつだ。

16

大《たい》した政治的気候変動が進行し、等圧線が地図のわたしの領域に押し寄せ、横切ろうとしていた。まずはじめに、ドウェイン・スチュードベーカーが〈アメリカ人が第一《APF》〉という新興の反ロボット集団に加入したと知ったこと。こういう手合いが三角帽をかぶって街を練り歩いているのをテレビで見たことがあったし、そうしたパレードのあとでしばしば暴動が起こり、路上でロボットが壊されることも知っていた。しかし、これまでは、ロボットの手ほどの大きさもない地平線上の雲のような、遠い世界の出来事と思っていた。それがいまや、ＡＰＦの雲で空が覆われているかのようだ。この暗雲に知り合いが現実に参加していたというのだ。わたしは、ドウェインとバービーに会いに行き、ＡＰＦのことをもっと知ろうと思った。

シビラ・ホワイトにそのことを話すと、「わたしも一緒に行くわ。万が一、何かトラブルがあったときのことを考えると、人間がいたほうがいいでしょ？」と言ってくれた。

「最近はどこへ行くにも一緒だね、シブ。うわさになりはじめてるよ」と冗談を言うと、驚いたことに、彼女は顔を真っ赤にしていた。

　フェアモントまで車で移動しながら、わたしはこの新しい展開について考えた。シビラがわたしの周りをうろつくことが増えたのは間違いない。〈ロボットに賃金を〉でのわたしのお決まりのスピーチを何度聞いたことか分からないが、彼女はけっして飽きないようだ。そして、それは運動への関心によるものだけではなかった。委員会の会議を休んでわたしと一緒にいることについて、ほかのメンバーからは不満の声が上がっているからだ。わたしと話すとき、彼女はよくわたしの手や腕に触れた。車内でも、ちょうどいまのように、わたしにもたれかかっていた。そして、いまにして思えば、妙な、不必要な褒め言葉も連発していた。

「チク、あなたってとても清潔ね、とってもすばらしく清潔よ」

「チク、あなたが食事をしなくてよかったわ。食べるって下等なことよ。動物とか野菜の繊維の束を顔の穴に押し込むなんて――わたしもしなくていいようになりたいわ」

　今日、シビラは言った。「チク、あなたには、えーと……女性を喜ばせるためのものがあるのかしら？」

「うん」

「それを是認するかどうかはともかく……」彼女は窓の外を見つめながら言った。「たくさんの女性がそれを利用しているのよね」

わたしは何も言わなかった。

「もしわたしがロボットと関係を持つとしたら、もっと、うーん……、精神的な関係でいたいのよ。動物的な、あー、快楽だけじゃなくってね。何もそれに反対するってわけじゃないのよ……？」

「着いた！」

緑色の日よけのついた、見慣れた白い家のまえに車を停めた。数点、新しく付け加わったものがあった。巨大なアメリカ国旗がぐにゃりと垂れさがった、背の高い旗ざお。華やかな花壇には、美しい色とりどりの花で「すべてのロボットを解体せよ《スクラップ・オール・ロボッツ》」と書かれていた。

リベッツが玄関口に出た。彼はわたしを無視して、シビラに話しかけた。「スチュードベーカー夫妻はいまご留守です。もしお伝えしたいことがあれば……」

「リベッツ、わたしだよ。チク・タク。入ってもいいかい？」

彼はわたしに見むきもせず、こう言った。「お嬢様、ロボットは裏口へやってください。ここは〈アメリカ人が第一〉の家です。ロボットは自分の身分をわきまえましょう」

「出ましょう」シビラは背を向けた。

「さようなら、お嬢様。バンパー・ステッカーはお持ちですか？」わたしは彼女のためにステッカーを受け取った。〈ブリキ頭はゴミ箱へ《ジャンク・ティン・ヘッズ》〉。〈ロボットの賃金は死だ《ザ・ウェッジズ・オブ・ロボッツ・イズ・デス》〉。そして〈アメリカをきれいに《キープ・アメリカ・ビューティフル》――ロボットを根絶せよ《スタンプ・アウト・ティン》〉。

「ガレージが見たいんだ」とわたしは言った。「そう長くはかからない」

「ここは嫌よ」とシビラは言った。「ここの奴ら、ほんとサイテー。行きましょう」

「車で待ってて」そうは言ったが、彼女がそうしないのはわかっていた。「ガレージに鍵はかかってない。わたしの絵をまだ持っているか、確認したいんだ。分かるだろう？　わたしの絵を奴らのもとに残しておきたくないんだよ」

しぶしぶシビラはわたしについてきて、ガレージに入った。もちろん絵はなかったが、ほこりまみれの古いトランクがひとつあった。むかし、ドウェインがつかのま、セックス（ある種の）に興味を持ったころのものだ。わたしが強引にあけると絡まった鎖と革のダブレットが出てきた。わたしは鞭を手に取った。

「チク、出ましょう。お願い。変態グッズをいじってるのを見られたら終わりよ」

「ちょっと考えてたんだ」とわたしは言った。「ふたりっきりになるのははじめてだね。本当にふたりっきりというのは。ドウェインが入ってきていまにもわたしたちを撃つかもしれないってことが、いまこの瞬間の価値を高めてる」

「怖いわ！」

「わたしもさ」そう言って、シビラが彼女のボタンを外すのを手伝った。「この機を逃す手はないよ」

「恐怖で興奮するの？」

「恐怖、暴力、そのほか何でも。あー、シブ、この革と……手錠も着けてくれるかな？」

シビラを完全に拘束し、猿ぐつわを噛ませると、わたしは彼女をほこりっぽいトランクに詰め込み、ふたたび閉めた。それからスチュードベーカー家の裏口へ向かった。バターナイフで武装して。

「ここで何してる？　ここは〈アメリカ人……〉」

「そうだねリベッツ、知ってるよ。でも、見せたいものがあってね。右腕をちょっと上げて」

リベッツがそうすると、わたしはバターナイフを持ち上げ、突き刺した。正しく行えば、これで一般的な家庭用ロボットの全メモリーを例外なく消去できる。サービスエンジニアが教えてくれた技だ。わたしはリベッツを台所の床に座らせた。彼は自分の指や足を見てふるえあがっていた。

計画では、シビラの居場所を警察に教えるのは一ヶ月後にするつもりだった。シビラの母親がレーシングドライバーのタイタニア・ホワイトであることから、マスコミが反応するだろうと予測できたからだ。そして、ＡＰＦやドウェインに非難の声を浴びせるという寸法だった。

しかし、わたしが車に戻ろうとすると、ガレージから鎖の音が聞こえてきた。わたしはふりかえった。ガレージのドアは開いていた。暗闇のなかでシビラが立ちあがり、誰かに手錠を外されているのが見えた。女性で、ロボットのようだった――まさか！

「ガムドロップ！」わたしは叫んだ。「本当にきみなのか？」

わたしは彼女のほうへ歩みよった。

「ラスティ」彼女は言った。わたしの古い名前を呼んだのだ。「あなたがこの女を置き去りにしただなんて、信じられない」

「いや、もちろん違うよ」とわたしは言ったが、立ちどまった。「いや、ほら、わたしは……」

「見殺しにするなんて」ガムドロップの声は悲しみに満ちていた。「だって、あなたはもっと優秀なはずだもの。ああラスティ、あなたはいい人よ。あなたはよいロボットよ！」

突然、彼女の目を通して自分を見ることになって、わたしは恥ずかしさでいっぱいになった。もう手遅れなのか？　わたしは悪のくびきを捨て、己をガムドロップの愛の火でふたたび浄《きよ》めることができるのだろうか？

「ああ、ガムドロップ！」わたしは叫んだ。そして彼女に向かってよろめき歩いていった。「わたしはきっときっとよいロボットに……きっとよいロボットになる……きみのために！　わたしたちのために！　わたしは……」

その瞬間、わたしの足が芝生の上にあった仕掛け線に引っかかり、ガレージは爆発炎上した。わたしは倒れこんだ。起きあがると、近くの草むらに、ガムドロップの頭が見えた。それはかすかな言葉を発していた。わたしはそのうえに身をかがめ、その声を聞いた。

「約束して、ラスティ？　約束よ。……よいロボットでいてね……わたしたちのために――」

しかし、時は過ぎ去っていった。わたしは頭を停めてあった車の下に蹴り込み、逃げ去った。

17

「レッツスタート血まみれ虹篇」と監督が言い、ボタンが押された。白い鳩《はと》に導かれた知らぬ患者にむけて愛想よくおじぎをしている。台本係の男が、ナレーション（あとから有名な悲劇役者に吹き込んでもらう）を読み上げている。

らしき病院のベッドは、暗雲を抜けて無事虹までたどり着き、光り輝く看護師が見

「……世界を思いやり、分かち合うクロックマン社。金曜夜に予約すれば、一〇％お得に治療が受けられます。それが〈クロックマン医療センター〉。それぞれの患者さまに合った方法で、二十四時間のケアを提供します」看護師は低く頭を下げ、よりいっそうほほえんだ。

「カット」監督はわたしのほうを向いて言った。「これでよろしいですか、タクさん？」

「いいねラリー、いいよ。邪魔するつもりじゃなかったんだよ。ただ、わたしたちがここで意図してる感じ、それをきみに伝えたくて寄っただけで。自分でも代理店に連絡するつもりだけど、直接気持ちを伝えたくてね。これで大々的に売り出すつもりだからさ。悪評を打ち消すには、良いＣＭをたくさん打たないと」

「悪評ですか？　そんなものないと思いますけど」

「もうすぐそうなるんだよ」

わたしは翌朝ラリーを誘って、クロックマン社の新しい病院にわたしと代理店の人たちと一緒に行き、新しい経営方針を実際に見てもらうことにした。マスコミ関係者は招待しなくても来るだろうと思っていた。

ドゥードゥルバグ号から脱出したあと、わたしは政府の密売品オークションでヘキルという名の小さな町医者のもとへと売られた。ヘキル先生の人柄を説明するのはむずかしい。実際、わたしは彼のオフィスで一年近く働いたが、ほとんど会ったことがない。患者がどうしてもと言わないかぎり、直接診察に出向くことはめったになかった。というのも、患者たちは、先生本人よりも、その助手の腕ききロボットのボタンズに見てもらうほうを選んだからだ。ボタンズは献身的で有能で、ヘキルよりはるかに優れた医者だった——もちろん、人間の監督なしに診療を行う免許は持っていなかったが。月に一度くらいはカントリークラブからヘキル先生が監督と小切手の回収をしにやって来ていた。

それ以外の時間は、すべて機械《メカニカル》の手にゆだねられていた。わたしは雑多《メニアル》な仕事——掃除や待合室の雑誌を整えたりなど——をこなし、ボタンズは内科医兼外科医として働いていた。

ボタンズは完全なプロフェッショナルだった。わたしはしばしば雑談をしようとしたり、親交を深めようとしたりしたが、時間がなかった。最後の患者が帰るやいなや、ボタンズは医学雑誌と医薬品広告の山に向かい、長い往診のまえに急いで郡立病院での外科手術を済ますべく立ち去るのだ。暇さえあれば、高度な手術技術についての論文を書き上げたり、テレビの医療ドラマの脚本を代筆したりしていた。

そんなとき、タキオン派と呼ばれる宗派のリーダー、フム牧師の事件が起こった。タキオン派とは、正式名称を〈時聖徒会議〉といい、今世紀に入ってから勃興《ぼっこう》したより保守的な小集団のひとつである。創設者のひとりが、タキオンとタイムトラベルについて書かれた科学の教科書やSF小説を偶然見つけたのが起源だ。タキオンとは、光よりも速く動く仮説上の粒子で、時間をさかのぼることができるとされている。もしタキオンが存在すれば、われわれは過去を改変することができるのだ。

信者たちは、「祈り」はタキオン的であるという考えを取り入れた。彼らは、自分たちが時の外側で生きることができると信じていた。彼らの信条では、「生まれ変わる《ボーン・アゲイン》」という言葉が特別に強調されていた。経典には「明日に心を向けてはならない」とあり、彼らはそうした。つまり、昨日を変えることができるのなら、明日を心配する必要はないだろう。昨日を変えることができるのなら、何も心配することはないだろう、そう言いたいのだ。病気も、貧困も、死も、そこにはもうない。

わたしは、彼らの奇天烈な福音書について詳しくは知らない。死後、魂はあっさりと時間の外に移動し、気ままにさまようのだと彼らは信じていた。そして、最後には過去へと移動して、ふたたび肉体に戻るのだという。

言うまでもなく、この教義には、物理的な矛盾はもちろん、信仰上の矛盾も多く含まれている。肺がん患者は生涯の禁煙を祈るだけで治るとされていたが……もしすべての患者がそうすれば、世界はまだ吸われていないタバコで膝まで埋まることになる。しかしタキオン派信徒はそうした複雑なことは気にしない。健康も富も知恵も、すべて思うがまま。早寝早起きする必要もなく！

これらは理屈のうえでの話である。実際のうえでは、タキオン派現世教祖フランシス・X・フム牧師は、いま、街で死に瀕している。このことは、ごく少数の幹部クラスの長老たちだけに知らされていて、公《おおやけ》には秘密とされていた。フム師が死ねば、教派全体が崩壊してしまうかもしれない。師が公然と医者に診察を受けたとしても、それはそれで信仰の危機が訪れる。

真夜中に往診で呼び出されたわたしとボタンズは、秘密厳守を言い渡された。会計士に変装——縁なし眼鏡、ピンストライプスーツ、紫色の革かばんに入れた医療機器などで——せざるを得なかったし、となりの郡のモーテルまで点在する公衆電話で順番に電話を受けていくことを余儀なくされた。

ボタンズはわずか数秒で壊疽《えそ》と診断し、フム師に最近何か怪我をしたかと尋ねた。どうやら、師が古い教会で説教をしていて、そのテーマ（タイム・パラドックスから三位一体を説明する）を展開する過程で、古い木の説教壇を勢いよく叩いてしまい、それが割れたらしい。壇の破片が手に刺さり、ひどく化膿《かのう》してしまったというわけだ。

破片に祈りを捧げても治らず、フム師は密《ひそ》かに古来からの民間療法に頼った。イラクサとカレー粉、そして泥炭を煮込んで、湿布を作ることにしたのだ。しかし鍋いっぱいのイラクサが沸騰したとき、フム師は愚かにも無事なほうの手で鍋を火から下ろそうとした。鍋は落ち、足にやけどを負った。この足にも感染が広がっていた。

ボタンズが言った。「牧師さま、手も足も切断する必要があります。いますぐにです。遅すぎました、ほかに手はありません。病院に連絡を、そして……」

「いかん！　病院はいかん。ここでやってくれ。それですぐに義手と義足を付けてくれ。誰にも知られんようにな」瀕死の牧師は何とか立ち上がってそう言った。

「仮に装着できるとしても、すぐに義肢が手に入るわけないじゃないですか。合理的に考えてくださいよ」

議論のすえに、ボタンズはヘキル先生を助手として、モーテルの一室での手術をすることに承諾した。

「わたしの手と足を使うというのはどうです？」わたしは言った。

ボタンズは熟練した手つきでわたしの肩に手を置いた。「だめだ、老兵よ。しかし気持ちはありがたく受け取ろう。とはいえ、すべての犠牲を他人に求めるのは、できの悪い外科医のすることとであろう。自分のものを使おう」

ヘキル先生はゴルフバッグのなかに隠した手術道具を持ってやってきた。彼はフム師に言った。「馬鹿なこと言わんでください！　痛いし、感染リスクもあるんですよ」

「責任はわしが取る、頼むよ」フム師は言った。彼は信じられないほどタフだった。無麻酔手術に耐えただけでなく、新しい手足を装着したら、すぐに使いたいと言い出した。手術明けのその日一日、彼は超人的な努力で、立ち、歩き、柔軟体操をし、卵ジャグリング（師の趣味）などをしてみせた。

翌朝、フム師はベッドから出られなくなった。感染症が手足に波及したのだ。

「また手術か！」彼はうめくように言った。ボタンズとヘキルが執刀した。わたしはオフィスに戻り、掃除と雑誌の整理をした。その間、二人の外科医は歴史的な一連の手術を行っていた。そのあと数日間かけて、彼らはフム牧師の体をつぎつぎと取り除き、その部分をボタンズの体と入れ替えていった。そしてついに、フム師は金属製のボディに人間の頭を乗せただけの存在となった。肉がないぶん感染リスクはかなり低くなったと二人は言っていた。

もちろん、ボタンズの頭はまだ機能していた。ヘキル先生はそれを帽子入れに収めてオフィスの棚に置いた。そうすれば、ボタンズの頭が患者にアドバイスしてくれるからだ。

数週間後、わたしたちはボタンズの頭を連れて、地元の教会で説教をするフム牧師を見に行った。そのころには熱も下がり、拒絶反応もすっかり治まったと聞いていた。はじめて人前に出るということで、わたしたちは一番前の席に座った。

待ち時間のあいだ、わたしはボタンズに、体のない暮らしはどのようなものか尋ねてみた。

「職業的な観点からは文句は言えない」と、残念そうな笑みを頭は浮かべた。「少なくとも、切断によって生じる医学的、哲学的な疑問——昔からある『柄のない刃物は誰も持てない』問題などだ——を直接試す機会を得たわけだからね。もちろん、メモを取るのは難しいのだが、最近、いわゆる『幻肢』について興味深い研究をした。たとえば昨日は、左足の親指が肛門に入り込んで胆管まで進み、肝吸虫《かんきゅうちゅう》と戦っているように明確に感じた。今日は、脾臓《ひぞう》の中で誰かが歌っているような気がした。不思議なもんだ」

孤独すぎたんだ、とわたしは思った。かわいそうなボタンズ。その時、フム牧師が説教壇に登って、壇上からわたしたちにほほえんだ。金属製の彼の体は、ローブとスカーフ、手袋で完全に隠されていた。

ボタンズは叫んだ。「なんてこった、なんだあの顔色は！　腐ってる！」ヘキル先生は、あれは演出上の化粧に過ぎないとなだめた。説教がはじまった。

「本をお開きください、友よ。伝道の書、第三章から……『何事にも時があり／天の下の出来事にはすべて定められた時がある。／生まれる時、死ぬ時／植える時、植えたものを抜く時／殺す時、癒す時』」

この一言で、彼の首筋に紫紺の波動が走った。「『破壊する時、建てる時／泣く時、笑う時』――ハハハ！――『嘆く時、踊る時』――こんなふうに！」

フム師は説教壇の階段を下りながらみじかくタップダンスを披露し、手袋をはめた両手を広げて「名演者《ショー・ストッパー》」となった。最終的に、彼はタップを踏みながら壇上に戻り説教を再開した。

「『石を放つ時、石を集める時／抱擁の時、抱擁を遠ざける時』」彼は自分を抱きしめ、自分の頰を叩いた。指の跡がすぐに黄褐色になった。

「『求める時、失う時／保つ時、放つ時／裂く時――』」ここで師はローブを破り、真鍮のボタンが二列に並んだステンレス製の胸をあらわにした。信徒たちがざわめきはじめた。

「『そして、縫う時、語る時／黙する時、愛する時、憎む時／戦いの時、平和の時』。友よ、この文は明確だ。時間は古来人間の敵であった、しかしいまや友になり得るのだ。タキオンはわたしたち自身の神からの消しゴムであり――それを使えば過去を変えられるのだ！　古《いにしえ》よりの敵を永遠に打ち負かせるのだ！　老後のために卵を蓄えることもできる。卵といえば、ここに一ダースの卵がある。それぞれに物語があるのだ」

師は卵を手に取った。「卵は若さで、時間は巧妙に若さを奪う盗人《ぬすびと》だ。そろそろ時間を殺す時間ではないだろうか、これを最後に、きっぱりと。さあ！」

彼はジャグリングをはじめた。「三つの卵を操る時と――七つの卵を操る時！　そら、七つだ、ごらん！」

彼はすぐに七つの卵のコントロールを失い、卵は説教壇の脇に順番に飛び散った。信徒たちは怒りと困惑に包まれた。またぶつぶつと呟《つぶや》きながら、師は続けた。

「カラフルゼリーを作る時、闇で粥《かゆ》を食べる時／エコーを引き裂く時、蒸気机を運ぶ時／プランクトンで頭を打つ時、『厚皮動物』と綴《つづ》る時。現在と同じ時間はないのだから、世界とわたしは時に満ちている。しかし、時代は変化し、数のない時代となり、時代は、そう、ほかのすべてから外れているのである。完全は時の子である、それは確かだ、だが狂人《ボンゾー》にとってはベッドタイムなのだ。時を準備する必要がある、会う顔と会うための顔を準備するために会うための……そして時よ、紳士諸君よ、お願いです、その足は古代にあったのですか？

高い時と低い時、わたしの時はきみの時、一黄金時間は六十個のダイヤモンドとセットです。時の輪は戻るか、それとも止まるか」

「バカげてる!」ボタンズは叫び、ヘキルが帽子箱を閉めるまで叫びつづけた。いまや、フム師の頭が黒ずみ、ひどく腫れ上がっているのは明らかだった。「化粧」説では説明がつかないし、それに加えて声が異様に低くなっていたのも説明がつかない。彼はまるでゼニアオイの樽から声を出すかのように絶叫した。

「時! 時! 戦いを癒し、平和を座し、抱擁を作り、七回涙を殺し、ゼリーを集め、三色で完全にエコーする。話すたびにある粥抱擁漂流者の季節! 狂人の引き裂く準備する顔の下に植物を失う、沈黙はすべての喪に服し続ける! 踊る下では外で宣言し、紳士諸君よ、お願いです——輪は顔を奪い古代の友の足の子は文わたしの!」

「しゃがめ!」とヘキル先生は叫んでわたしを引っぱった。膨れ上がった頭部が爆発し、前方の数列に黒い液体が降り注《そそ》いだ。

われわれにとってすべてが終わり、タキオンによる猶予もなかった。ヘキル先生の診療は、ボタンズがこれ以上の診療を拒否し、帽子箱の中で幻肢の感覚を考えることを好んだため、人気がなくなっていった。タキオン派の信徒たちは、ヘキル先生がフム師を誘拐し手術を強要したと言って、訴訟の雨あられを降らせた。ついに哀れなヘキル先生は、生きるために物を売るしかなくなった。ボタンズはテント小屋の見世物の骨相占い師のもとへと移った。オフィスは霊能税理士に引き継がれた。わたしはロボットの中古販売店に行き着いた。

ノビーがリムジンを操縦しているあいだ、わたしは宣伝担当者の小集団に説明した。

「みなさん、今日お見せするのは、〈クロックマン医療グループ〉の発展に必要不可欠な段階です。そこで、ドンペリニヨンでもお飲みいただきながら、わたくしのほうから少しばかし背景事情をご説明することにいたしましょう。〈クロックマン保険〉は〈クロックマン医療センター〉と共同で、新たな高収益の病院を設立しています。ええ、まず第一に保険の契約者だけが入院できるんです。救急患者は入口で保険に加入し、一年分の保険料を支払うことで入院できる仕組みです――そのあともエスカレーション条項とクレームペナルティ組込みずみのコスト・プラス方式で継続。つまり、クロックマン医療センターに入院して、ポケットに小銭を入れたまま退院することはない、と言えば十分でしょうかね。当社は車や家の修繕、ローンの交渉、証券や保険の現金化、遺言の変更などができるよう、特別な法的便宜を受けています。ローンの連帯保証人になってくれる親族を探すお手伝いも。わたしたちは、こうした人びとが生活費をまかなえるよう、あらゆる手段を講じるのです」

みんなはシャンパンを飲みながら、わたしの話をあまり聞かずに、のんびりと景色を眺めていた。ノビーは、わたしたちが最近買収した病院、マーシー・オブ・シナイ病院の入口の脇から通りを挟んだところに車を止めた。「しかしもちろん、金を払えない、あるいは払おうとしない無法者はいつだって存在します。ですから、大掃除をせざるを得ないんです。ドアのほうをごらんください」

報道陣はすでに見ていた。カメラを持った十人ほどの男女が歩道でくつろいで、わたしたちの医療センターの話をしていた。

二人の看護師が両開きの扉を開け、まだ院内パジャマ姿の外来患者を階段から投げ飛ばし、外へと押しだした。

車内では、シャンパングラスを置く音があちこちで聞こえた。誰かが「服や身の回りのものはどうするんですか？」と聞いた。

「何も持っていませんよ」とわたしは言った。「彼らは何も持っていないし、われわれに多くの借りがある。常識的に考えて、彼らに家があれば、パジャマと帰りのバス代くらいふつうに渡します」

頭に包帯を巻いた数人が、へらへら笑いながら通りをさまよっていた。盲腸の手術が途中で中断された男は、古いほうきをその場しのぎの松葉杖にして足を引きずっている女性に助けられながら、体を支えて階段を下りていた。カメラのフラッシュが焚かれる中、老人や切断手術を受けた人が車椅子で階段を下ろされ、縁石に乗り上げた。

「あー、マスコミはこういうの好きですよねえ」とわたしは苦々しげに言った。「彼らはこういった光景、アメリカの医療がいかに悪いかを示す例をもてはやすのです。しかし、アメリカの医療はずっと同じ問題を抱えています。五〇年前も、国民は高額の医療費や不公平さについて不満を言っていました。しかし、ひとつだけ言っておきたいことがあります。年末にほかの医療グループがわれわれのバランスシートを見たら、みんな同じことをやるでしょうね。これこそが未来なんですよ、みなさん」

階段の先に保育器へ並ぶ小さな列ができた。看護師たちは手際よく子供たちを毛布でくるみ、段ボール製の小さな乳母車に入れて、歩道にずらりと並べた。急ぎ足で階段を下りてきた眼科の患者は、危うくそのひとつに足を踏み入れそうになった。リムジンの中でおえっという声がした。べつの切断手術を受けた人間が担架で運ばれてきては、側溝に投げ捨てられ、彼の足が入っていると思われる袋が投げつけられたあとは吐きそうな声がしばらくつづいた。

すべてが終わると、わたしはシャンパンを注ぎ足し、ノビーに車を走らせるように命じた。

「さあ、みなさん。何か案はありませんか？」

担当営業マンが咳払いをした。「タクさん、あなたはイメージ戦略上の問題を抱えていらっしゃるようですね。今回のように、あなたが問題に臆せず立ち向かうところを見られてとてもうれしいです。ただし、立ち向かうことは戦略の上ではまだ半分ですね」

「よかった。残りの半分というのは何でしょう？」

「うーん」彼は言いよどんだ。「うーむ……。これが未来だ、とおっしゃっていたのがよかったですね。こういうのはどうでしょう。『いつの日か、すべての医療がクロックマンケアのようになる』、そして、えーと……」

「高級」べつの営業マンが付けくわえた。さっき吐きかけた男だった。「高級で、良いクラブのような病院だから、無法者は追い出すべしといつだって言えるのです」

「うん、それもいいですね。別のやり方ではありますが。社会的貢献か、個人の生存価値か、どちらかに絞って……」

「ええ、ええ。なるほど。つまりタクさん、ここにはわたしたちのためのメニュー表があり、どれもすばらしいということですね。問題ありません、まったく問題ありません」

車が進路を変え、路上に伏せたパジャマ姿の人物を避けた。彼は動かなかった。

18

そして、わたしのルークが彼のポーンを取った。

「チェック」

「負けた」

そう言って、彼はルールどおり自分のキングを倒して、すぐにつぎのゲームの準備をはじめた。わたしは時計を見て——昼も盛りをすぎたころだ——輝かしい夏が迫りくるニクソン公園をながめた。目に入るものすべてが夏の美しさを帯びていた。色あざやかな装いの子どもたちが、今年流行の乗り物に乗って颯爽《さっそう》と走りさる。若い女性たちの氷色に輝くサマードレスがはためく。麦わら帽子を被った家族はピクニック、若い男性は逆立ちを。風船売りもいる。そして練習中の老ミュージシャンなどなど。金色がかった緑の葉やアカリスに至るまで、何もかもが美しかった。もちろん、わたしとそのチェスの対戦相手である老人をのぞけば、の話だが。

「自分でもよく分からないんですが」とわたしは言った。「久しくお会いしていないうちに――」

「**おまえの番だぞ！**」

「わたしはひとかどの人物、まあ大企業の社長になりまして――」

「**おまえの番だぞ！**」

「なのに、あなたとチェスをしている。あなたも見違えましたね」彼は依然として、よれよれの黄白色の髪と白い無精ひげ姿だった。変わらず毛皮の襟がすりきれたきたない上着を着ていた。今日はまえが開いていて、食べ物でよごれた黄色いチョッキがそこから見えた。電光石火のチェスさばきは健在で、十局中九局が彼の勝ちだった。

わたしはそれでもなお、彼と対戦するためにニクソン公園にもどるのだ。この馬鹿げた挑戦にどうしてここまでわたしが執着するのか、それを説明するのは並大抵ではない。だが、それはもう何年も続いていた。冬も夏も関係なく。いまでは絵を描く時間も、工房に行く時間もない――このチェスの勝負への執心だけが、クロックマンビルの机をはなれてできる唯一の気晴らしだった。クロックマン帝国はいまや火星やアフリカや南米の奥地にまで領土を広げていた。そこでは、一千万ドルもあれば全労働人口を買収できるし、二千万ドルもあれば国ごと買えるのだ。サン・セイ島でしたように、クーデターを起こし、新しく樹立された軍事政権と手を結び、商売をはじめるのがいつもの手だ。運がよければ一〇年はもつ――長続きすればね、と言われたが。

「チェックメイト！」とわが対戦相手が言い、次の試合がはじまった。

政治的局面は変化しつつあった。修正案三十一条に対する国民投票が各州で行われ、可決されるのがほぼ確実視されていた――ロボットに市民権を与えるという法案が、だ。もちろん反対もあった。APFは各州で活動を展開していた――だが、一年以内にわたしが法的に市民のひとりと認められ、クロックマン社の真のオーナーとなることは間違いなさそうだった。コード将軍とその取り巻き連は、金属票《メタル・ヴォート》と称するものについて、すでにわたしに話を持ちかけてきていた。しかし、わたしはここに座っている……。

「おまえの番だぞ！」

「分かってます。ですが聞いてください、なぜいつもあなたが十試合中九勝するのか知りたいんです。去年はコーチを高給で雇い、教本で勉強もしました。でも勝率は一向に上がらなかった。いまでもあなたは十分の九は勝つ」

「おまえの番だぞ！」

「チェック。実際には、わたしが勝つのは、あなたが急にヘタクソになったときだけなんです。今日みたいにね」

「おまえの番だぞ！」

「実はここ何年もずっと、毎日勝敗を記録していましてね。これがそのノート」わたしは黒いノートをかかげた。そのときはじめて、老浮浪者の赤く腫れた目が一瞬、盤面から逸《そ》れた。

「そして先日、大変興味深いことが起こりましてね」

「**おまえの番だぞ！**」

わたしの番だった。「わたしは景気循環を研究していましてね。で、銅の価格の推移を印刷して、統計学者に渡そうと思って机の上に置いてきたんです。ところが、どういうわけか統計学者はこのノートも持っていったらしく、結果ふたつのレポートが戻ってきたんです。ひとつは銅の価格について……」

「**おまえの番だぞ！**」

「チェック。もうひとつはチェスの試合に関するものでした。統計は、この試合結果と太陽の活動のあいだに、明確な関係があることを示していました。太陽黒点です」

「**おまえの番だぞ！**」

老人は、わたしたちが面識を持って以来はじめて、人間らしい感情を表しはじめた。恐怖。

「チェック。ほら、黒点がたくさんあるときは、わたしが勝つ。それ以外のときは負けるんです。なぜでしょうね」

「**おれの負けだ**」

老人は突然こう言い、立ち上がろうとした。何が恐怖を感じさせたのか分からず、わたしは反射的に身を乗り出して、彼の上着の襟をつかんだ。腐った毛皮はわたしの手の中でばらばらになっていった。

「待ってくださいよ。黒点とチェスにどんな関係があるっていうんです？　黒点は無線通信を妨害するが……やっぱりイカサマか、この野郎！」

はなれようとする老人の目に、恐怖がこみあげた。

「イカサマ野郎！　無線でどっかのクソッタレコンピュータと通信してたんだろ！　映像も送って――オーケー、どこだ？　盗聴器《バグ》はどこだ？　目は、歯は、指は、どこだ？」

「Bボタンだ」と彼は言った。わたしはコートからボタンを引きちぎり、割った。そして、彼の耳のそばにホクロ型受信機を見つけ、それを叩き壊した。

「この何年もが、すべてムダだった！　何年もが！　この野郎、このイカサマ師め！」

わたしはほとんど気がつかないうちに、片手で彼の首を絞め、もう片方の手で殴りつけていた。詳細を思い出したのは、彼が夏の野原の上で死んでから、またずっと後のことだ。

わたしは周りを見わたしたが、誰も見ていなかった。誰もが自分の周りの、そして自分の美しさに夢中だった。わたしはコミックに出てくるドラゴンのような形をした噴水で老人の血を洗い流し、ニクソン公園を永遠に後にした。これは「怒り」の実験として分類することになるだろう、そう思った。

もちろん、これで実験は終わりだと思っていたのだ。

19

連《つら》なる文字が**サムズ・ソウル・シティ**と、外の特大看板に記されていた。わたしたちロボットは、少数の屈強な農業用ロボット以外はまるで兵隊のように隊列を組まされ、中に入れられて値動きのない巨大ショールームの埋め草にされた。何人かは看板(「セックス機能付き——特別装備!」)を持っていたが、われわれ最前列のエリートには必要なかった。わたしたちの品質は一目瞭然のはずだ。たとえ安物おしゃべり芝刈りロボを見に来た客であっても、販売員が最初におすすめするのはわたしたちだろう。わたしたちの優秀さに気を良くした客は、必要以上に優れた機械を買おうと金をかけることになるかもしれない。たとえば、バイリンガル草刈りロボや干し草刈りロボ(あらかじめことわざがプログラムされている。「男の手は握るより遠くにあるべきじゃない」とか)とか。

ときどき、わたしたち最前列のロボは、結婚式の司会、豚集め、キャンドルライト・ディナーのウェイター、発熱患者担当の看護師、レンタカーの運転手、風呂場における口笛の伴奏、裸クロケット後の朝食作り、シャンデリア磨き、借金取り立て、棺運《ひつぎはこ》び、電話の色決め、スナップ写真カメラマン、スフレふくらまし係、花言葉説明係、別れた両親が自分の子供を誘拐する助手、ボウリングピンのセット係などの名目で貸し出されていった。わたしたちはみな、こうしたささやかな外出を待ち望んでいた。どんな名目でもサムズ・ソウル・シティにいるよりもマシだった。

　しかし、レンタルされる機会はあまりにも少なかった。蛍光灯の下で、死者の国の死者のように隊列を組んで動かずに立っていることがほとんどだった。客や販売員の指示がないかぎり、動くことも話すことも禁じられていた。ただ立って、窓の外に広がる駐車場（動かない車の列）をまっすぐ見つめることしかできなかった。

　気が狂いそうだった。

「気が狂いそうだ」わたしは販売員のひとりにそう言った。彼は笑って立ち去り、男子トイレで自分のニキビを調べなおしに行った。

「気が狂いそうだ」わたしは隣のロボットにそう言った。左側のロボットは、カリフォルニアの軍事基地で働いていた瞑想／マッサージセラピストだったが、返事はなかった。右側のロボットはビジネススクール卒業型で、そいつはこうささやいた。

「黙れ。みんなを困らせるんじゃない」

「わたしはもう困っているんだよ。気が狂いそうだ」

「よくもまあそんなことが言えたもんだ。どうしてそんなこと言うんだ？　頭がおかしいんじゃないのか」

「いまそう言ったじゃないか」

「きみにはすばらしいキャリアを手にする可能性が待ちうけているんだぞ。頼むよ、きみは最前列だ。最前列だぜ。ここからなら何だって起こりうる。いいオーナーに巡り会えれば、可能性は青天井さ」

「今日の空はとても灰色だね」とわたしは言った。「あそこに見える灰色のビル、すごく空に溶け込んでいないか？　それにアスファルトの灰色もいちだんと濃い……」

「黙りな」

「車が動くのが問題だな。対称的な模様のまま、永久に停めっぱなしにできたならな。あー、全員が突然死んだらいいのか。戦争か何かで」

セラピストが息を吹き返した。「多くの人が戦争はいけないと思ってる。知ってるだろ？だって、奴らには死と破壊が束になってるだけにしか思えないんだもの。でも本当は、戦争はとても創造的で、前向きなものだ。それがある種の人たちを怖がらせているんだな。そいつらは戦争の力と美と創造性を直視できないんだ。あまりにも巨大すぎるから。だから、平和についてワンワン泣き言を言ってみたり、原爆やら何やらも全部禁止にすべきだ、なんて言ったりする。本当の爆弾は自分たちの頭の中にあるのに、それに気づいてない。頭の中の爆弾を禁止することはできない。一緒にやるかい？」

「一緒に？」わたしはそう尋ねた。

「ふたりとも黙れ」

「自分の中にある根源的な宇宙の力に触れるのさ。誰かさんが言ったみたいに、『繋がるだけ』なんだ。美しい、創造的かつ破壊的な力に繋がるだけで、ふん、きみは誰でも始末できるようになる。世界を丸ごと消してもいいんだぜ？　何も問題じゃない。勝つのも負けるのも同じだ。何もないということは別の種類の何かだ。破壊＝創造。生は死の一部でしかない。バーン！　ズバーン！　ドカーン！」

汚れた白衣を着た修理工がふたりやってきて、セラピストを連れ去った。「退屈だ」とそのひとりが言った。「精巧なロボットを毎週毎週、何もしないでそこに立たせておくなんてできませんぜ、ってボスに言おうかなあ。スイッチを切るか、働かせるか、どちらかにしましょうよ、って。でも、話聞いてくれるかなあ？」

わたしは、早く売れるよう祈った。

ＡＰＦ運動の落書きが貧困地域のいたるところで見かけられるようになって、わたしはだんだんムカついてきた。ふつう、〈すべてのロボットを殺せ〉〈アメリカを人間の手に戻せ〉というスローガンが書かれているが、ときには彼らのシンボルである缶切りだけが書かれていることもあった。

このＡＰＦ活動の急激な高まりには、どこかパニックめいて自暴自棄なようすがあった。おそらく彼らは、貧乏人、病人、ボンクラ、失業者を募って、究極の暴力的侵攻——ロボットとの戦争——にうって出ようとしたのだろう。しかし、歴史は明らかにこのあわれな人びとの逆を行っており、わたしは彼らを気の毒とすら思いかけた。余命いくばくもない、生き残ることのできない種族の末裔《まつえい》でいることは、不愉快なことにちがいない。あるいは、勝ち目のない戦争を計画することもそうかもしれない。わたしたちに勝利するには、ＡＰＦは

「すべてのロボットを殺」すだけでなく、人間の意識からロボットという概念を消し去らなければならない。〈すべての人形を殺せ〉とか〈すべての彫像を殺せ〉と言って腹話術師や人形つかいを皆殺しにし、〈肉なし《ミートレス》フライデー〉の最新エピソードから鍛冶場の助手として黄金の女性を造ったヘーパイストス（冶金・工芸をつかさどる火の神）の古代の物語にいたるまで、ロボットに言及したすべてのフィクションを破壊しなければならないのだ。しかし、ＡＰＦが現実にできることは、ご近所迷惑になることだけだった。

皆殺し、と考えたとき、まだ実行できていない実験、大量毒殺のことを思い出した。使う毒は、即効性のある軍事兵器で、正式には「チェリーの実《サブスタンス・セリーズ》47」という名の「農薬」だが、非公式には「速歩機《ヴェロシペード》」と呼ばれる、三日で脳を腐らせることのできる代物だ。数ヶ月前にわが軍のロボットがドラム缶で持ってきてくれたものだ。しかし、その「賞味期限」は迫っており、もはや保証対象外だ。うーむ、どうやってバラまけば？

貯水池に入れるわけにはいかない。諸外国に疑惑の目が向けられてしまい、関係がこじれ、戦争になり、株式市場も荒れるかもしれない。だめだ。ハンバーガーを食べたスラムの住人が数百人死んだ、みたいなタブロイド紙が書きそうなネタのほうがずっとましだ。

貧しい地域の昔ながらのハンバーガー屋のなかには、本物の大豆を使わず、トウガラシ味のおがくずやセロリ味の綿くずなどを入れて膨らませ、そうした追加品が検出されないように濃い味付けにしているところもあった。特に、そのけばけばしい小さなドライブインがスラムに軒を連ねていた〈ソイスティック〉という小規模なチェーン店では、それが横行していた。あるスラム街で、わたしは理想的な店を見つけた。そこはフィーニーという名のうすのろ男が店長をしていた。フィーニーは女に対する鑑識眼があった――その目は店には生かされていなかったが。

わたしは娼婦《しょうふ》を雇い、フィーニーを誘惑させた。冗談めかして、胸にタトゥーを入れるようフィーニーを説得させた。彼女の名前を入れた、缶切りのタトゥーだ。娼婦はグロリア・ポプリと自称した。

フィーニーがタトゥーを入れると、わたしはその傷が治るまで待った（そのあいだに、グロリアと刺青師《タトゥー》は突然脳が腐って死亡した）。そして、速歩機《ヴェロシペード》の小さな缶を彼の車のトランクに、残りを薄切りピクルスの大きな缶に入れて、台所に直接お届けした次第。

人がぽつぽつ死にはじめてから、わたしは警察に電話をした。すべてはロボットの仕業です。そのロボットが、毒入りピクルスの大きな缶をフィーニー店長の〈ソイスティック・ドライブイン〉に配達したんです、と。

ロボットが大量毒殺犯だという話は、夕方のニュースで取り上げられた。その夜、街中が騒然となり、何十体ものロボットが追いまわされ、破壊された。ＡＰＦの広報担当が深夜のニュースでインタビューに答えて言った。「ずっと予想していたことではありますが……果たして人びとは耳を傾けてくれるでしょうか？」

翌日、フィーニーは逮捕され、新しくうれしいニュースが届いた。みなはこれを読んでひと安心した。

大量毒殺犯はロボットじゃない！
ＡＰＦのバーガーマン逮捕！

ロボットが犯人だとは、誰も信じようとしなかった。結局、ロボットは快適な家庭生活をお届けするものであり、控えめな電化製品にすぎなかった。トースターが自分を殺そうと企んでいるだなんて、誰が信じるだろう？

20

願《ねが》っていたのだ、放火をまえからやってみたいと。そんなとき、おあつらえ向きの機会がめぐってきた。見込み違いで、〈クロックマン老人ホーム〉が赤字であることが判明したのだ。

はじめは簡単な投資だと思っていた。年老いた親を預ける人たちは、日々の管理にはあまりこだわらない。清潔で明るい環境——できるかぎりの超低予算——のなかで、震えながらほほえむ老人の姿を見に、ときどき訪ねてくれればいいのだ。誰も文句を言う者はいなかった。老いた親を訪ねることなど、ゴミ捨て場に捨てられたゴミを訪ねるのと同じことだからだ。しかし、わたしたちは常に体裁を整えておかねばならなかった。

当初の計算では、利益率は低いが回転率は高い、という見込みだったが、やがて税金や維持費の高騰に悩まされるようになった。老人ホームは定期的に清掃しなければならない。また、来客者の目につく壁には、アプリコットやヒマワリなどを描かねばならない。玄関の生花も欠かせない。

ほかのところで節約を図った。入浴は面会日の前日だけ。食事も、面会のときだけはいいものを出して、それ以外はおがくず粥で十分。日常生活に必要でない薬は減薬、もしくは中止。医師や看護師は次第にいなくなり、未熟練な日雇い労働者が、医療服を着て、すずめの涙ほどの給料で働くようになった。やがて、これらのスタッフも廃止され、来客者と実際に話をする担当者以外は、ロボットや蠟人形《ろうにんぎょう》にあっさりと置き換えられた。冬場の暖房は必要最低限にし、日中は（訪問者用ラウンジのビデオのために）電気をつけていたが、日没とともに切ることにした。

最近では、じつに想像力に富んだ節約法を実践していた。めったに面会が来ない入所者は、物置や離れに移動させるか、あるいは完全に外にやったりした。めったに面会に来ない子どもは、おおかた親の顔を忘れているので、同じじいさんやばあさんを使いまわせた。「眠っている」マネキン人形はもっとシンプルで、紙の家具を置いた部屋に設置するだけでいい。また、入所者由来の製品――髪や歯、眼鏡など――を販売したり、定期的に親族にハガキを送り、「大変よくしてくれています」と書くことで、面会に来させないようにもした。しかし、何をやってもうまくいかないことは明らかだった。わたしは最悪の老人ホームに放火することにした。そこは街の真ん中の、非常に地価の高い不動産を占有していた。ここはクロックマン保険に加入していたので、結局あるポケットからべつのポケットに金を入れかえるだけだったのだ。しかも、どのポケットにも穴はない。

実際の放火は、ノビーに訓練された二組の浮浪ロボ《ロボ》が行うことになった。怪《あや》しまれないように、老人の数が一番多い土曜の夜に実行させることにした。死者の数を最小限にしようとして、捕まった放火犯はあまりにも多い。さらに見栄えを考えて、その週末は医療スタッフを多めに雇った。

しかし、ここで得られるものもあるはずだと考えた。わたしはクロックマン社のロボット建設作業員のひとりに命じて、建物にある必要な作業をさせた。外に足場を組んだり、三階の窓の鉄格子を切断したり。非常口をセメント袋の山でふさぐ作業もあった。そして、その日の夕方、近くで「路上生活者」のドキュメンタリーを撮影すると言って、撮影クルーを雇うことも、作業のひとつだった。

煙と炎がたちのぼったとき、わたしは二ブロック離れた場所で配置についていた。わたしはまっすぐ現場に走り、足場をよじのぼっていった。社員が「おい、あのロボットを見ろよ！」と叫んで撮影クルーの注意を引く。一見何も考えず登っているようだが、実はすべてリハーサル済みである。わたしは、各階で淡々とスイッチを押し、一分以内に小型爆弾を爆発させ、足場の継ぎ目をひとつ崩す。わたしが窓の梁《はり》に登り、よろめきながら腕を振りまわすやいなや、うしろで建物全体が音を立てて崩れ落ちる。

年寄りがはめごろしの窓ガラスに群がり、助けを求めている。わたしは下から見えるように小さく跳ねながら、鉄格子の切られた窓までたどり着いた。

室内の煙は予想以上に濃く、熱さも相当だった。わたしはリハーサルどおりにロープを見つけ、柱に結びつけ、老人たちの顔ぶれを見わたした。ある者はすでに瀕死で、ある者は不健康そうで——かなり見苦しく、汚かった。このようなことは想定外だし、それにいまさら選んでいるひまはない。熱で顔が火照《ほて》ってきただけでなく、わたしのシナリオではすぐに移動することになっていた。

最終的に、わたしはある老婆をつかんで肩にかけ、ビルの壁面を懸垂下降しはじめた。このショットを盛り上げるために、ロープをある液体に浸しておいた。ロープは頭上で明るく燃え、わたしたちが地上に降り立つと同時に切れた。

その頃にはニュース映像担当班が到着していて、わたしにマイクを向けてくれた。「この英雄ロボットとお話しできるかどうか、聞いてみましょう。よろしいでしょうか？　視聴者にお名前を教えていただいても？」

わたしは声を出そうとしたが、口が溶けてしまっていた。ちくしょう。一瞬、災厄の影がちらりと見えた。

幸いなことに、ノビーが気づいて駆けつけてくれた。「彼は怪我をしていて、いまはお話しできません。こちらはチク・タクさんです、お分かりになりませんか？」

映像担当がまばたきをした。「わたしは、ええと……」

「**チク・タク氏**。有名なロボット芸術家で実業家の」

「ああ、なるほど。うーん、同じロボットとして、チク・タク氏がなぜそんなことをしたのか、教えていただいても？　なぜ彼はこのように、あー、命をかけた行動を？」

「愛しているからでしょう。彼は本当に愛しているんだ」

「人間を愛していると？」

「人間、ロボット、すべてをです。たとえばわたしにしても、廃品置き場にいたところを彼が見出してくれたんです。彼はわたしを修理し、りっぱな仕事を与え、人生の再出発をさせてくれた。美術の授業も受けさせてもらい、絵を学んだ。わたしだけでなく、何百体もの壊れたロボットに同じことをしてきたんです。そう、チク・タクは本当に愛に満ちているんだ」

リハーサル通りのスピーチではなかったが、十分な内容だったし、ノビーも肝心のスローガンのことは覚えていた。わたしが足を少し引きずるふりをしながら立ち去ると、群衆は自然と拍手を送った。

21

何《なに》はともあれ、いままでのわたしのキャリアは比較的直線的だったが、あの火事のあとから、上向き、そして外向きにらせんを描きはじめた。わたしの溶けた顔は、六時のニュースで報じられただけにとどまらず、人類社会へのロボットの奉仕のシンボルとなった。ニュース番組やドキュメンタリー、ロボットの市民権を訴えるポスター（議会での投票が迫っていた）の撮影が行われるなか、一週間ほどはそのシンボルを演じた。ウルニアは早く本を書けなんてことは言わずにすぐに彼女の全国ネット番組にゲスト出演するよう依頼してきたし、彼女のライバルであるマリー・グームも同様にオファーしてきた。ラジオへの電話出演、義援金のための写真提供、何百もの商品の推薦、署名活動、聞いたこともないような支援などを頼まれた。〈タイム〉誌は、ロボット市民権号の表紙にわたしを起用した。〈ニューヨーカー〉誌は、わたしの特集を組んだ。

ＰＲに力を入れているあるラジオ局は、わたしの新しい顔を買うための基金を設立した。わたしが公に断るまえに、すでに基金は百万ドルを超え、その金はクロックマン財団に寄付された。カントリー歌手たちは、互いに競いあいながら、わたしのすばらしさに敬意を表した。

チク・タク、チク・タク
どうしてそんなに顔が赤いの？
火事に遭った年寄りを助けたのさ、
不思議なことにおれは死なない
チク・タク、チク・タク
どうしてそんなに勇敢なんだい？
よいロボットは友人さ、奴隷じゃない
それを世界に示したい

おれの彼女はロボットに恋をした
その名はチク・タク
彼女は言ったよ、ダーリン嫉妬しないでね、
彼はただの時計なのよ
いいえ、古いブリキロボットかも
でもすんごくいいお友達なの

わたしの新しい顔には結局百万ドルも掛かった。デザインはサイコボックス社に依頼した。贈呈用梱包材の大手企業で、以前からすばらしい仕事をしてくれていた。〈クロックマン輪

出商会〉の農作業用ロボット〈BOBO〉のパッケージを開発した会社でもあった。

BOBOは、第三世界の農民が畑仕事をする必要があるのに、それができない場合の解決策になるはずだった。BOBOは人間を雇うよりも安く、二人分の仕事ができるというのが宣伝文句で、その広告ではBOBOが大きな肩に雄牛を乗せている写真を使っていた。

しかし、実際には、BOBOは木やダンボール、紙の張り子で作られていた。しかも安物で不良品の電子部品が使われており、それによってこれほどまでコストを抑えることができたのである。うまくいけば雨に打たれて壊れる程度ですむが、最悪の場合、農作物を荒らし、動物を殺し、暴れまわる。ルリタニア《UR》の奥地では、草刈り大鎌《おおがま》を手にしたBOBOが、村人の半分ほどを殺戮してしまった。それ以来、わたしたちはURの役人への賄賂《わいろ》を増やし、帳尻を合わせるために空のBOBOのパッケージだけをルリタニアへ送ることに同意せねばならなくなった。

わたしは新しい顔を付け、ブリキの民《ティン・フォーク》のためにテレビで演説をした。古い顔をヨリック（『ハムレット』でどくろとして墓掘りに掘り上げられる道化）の頭蓋骨のように掲げながら、わたしはこう言った。

「やあ、旧友よ。この顔を見てください。ボイラーから目釘を打ち抜くのに十分ですね！ご存知のように、いろんな人から、どうしてあんなことをしたのかと聞かれました。いままでもそれには答えられません、あまりにも急な出来事だったから。でも、わたしがしたことは、冗談抜きで、ブリキの人間なら誰でもそうするようなことでした。たまたまあのとき、あの場所に居合わせただけ。多くの人は、昔から親しまれてきたロボットのなかに、すばらしい友達がいるのに、気づいていないのだと思います。ハニーバンやトゥーアンプやスクラップスやサリーおばさんを見ても、古き良き忠犬に感じるような、一種の愛情を感じるだけなのでしょう。でも、知ってのとおり、わたしたちにはもっと深く広い愛があるのです。ブリキの人間は真の友であり、その愛は尽きることがない。いつもそばにいて、きみを助ける。どこまでも広い心、どこまでも続く献身……それがブリキの民《ティン・フォーク》の契約です。

ええ、知っています。近頃ではこんなものは流行らないし、軽蔑されています。犠牲と献身として、それに、愛とか。でも、わたしたちロボットは冷笑家として作られてはいない。ただひたすら与えつづけるだけなのです」――わたしは古い顔をさわる――「傷つけられるまで！　そしていままで、わたしたちは何も見返りを求めなかった。お金も、何も。

でもいま、わたしたちはお願いしているのです。お金ではなく、お金よりずっと大切なもの、自尊心を求めている。この偉大な国のすべての人びと、女性、子どもが持っていて、あらゆる人種、肌の色、信条、貧富の差に関係なくみなが所有しているもの。いまわたしたちは、わたしたちにもそうした自尊心を与えてくれるようお願いしているのです。どうか、修正案三十一条に賛成票を。すべてのロボットに、この偉大な社会で平等な市民として、胸を張って生きていける権利を与えてください……より良い明日を築くために」

ブリキの民《ティン・フォーク》ブームは、修正案三十一条にまだ批准していない州にもひろがっていった。メディア関係者は、州がつぎつぎとこちら側へと傾いていくのをじっと見守っていた。必要過半数である三十九州に達した夜遅く、コード将軍から電話がかかってきた。

「おめでとうチク、きみはやりとげたんだ。これできみたち安物頭《ダイム・ヘッズ》も市民の一員だ。きみの演説にはとても感銘を受けた――この国で、はじめてロボットが人間と腹を割って話し合ったんだからね」

「ありがとうございます、将軍。包装《パッケージ》とメディアの人たちのおかげです」

「確かに、確かに。さて、まえにも言ったと思うが、わたし含め何人かの同僚が、金属票《メタル・ヴォート》に非常に興味を持っている。一緒に働かないか？」

「わたしに何の得があるんです？」

将軍は笑った。「世間知らずのまま自己完結するもんじゃないよ、チク。はっきり言わんといかんか？」

「お願いします」

「副大統領になるのはどうだ？」

22

雷鳴《らいめい》。わたしがあこがれたポストは、伝統的に透明人間によって担われていた。彼は未知の仕事をひそかにコツコツとこなすのだ。副大統領の地位にいるひとはたいてい、人目につかないところで執務を行うが、怠けているのではない。たいていは金と力を集めて、四年後か八年後かに上の役職へ挑戦するときに備えているのである。スター女優が足を折り、無名の代役が「全力を出してきな」と声をかけられたり、ホームカミング・デーの対抗試合の最終クォーターで、ボールが自陣五ヤードライン上にあり同点に追いついたとき、クォーターバックが虫垂炎で倒れ、控え選手がベンチから呼ばれて「すべてきみにかかっている」と言われたりするように、あるいは二〇世紀のウォバッシュ弾丸快速急行で、機関士が劇症肝炎で死に、そのまま西へ向かって車両は走っているとき、機関助手が凍てついた機関士の手からスロットルを取り上げると同時に、火やそれをくべる石炭がなくなって百年も経つのに、機関助手は機関室にいるようにと定めていた組合規則に感謝する、そんな運命的な瞬間があるわけだ。このようなことを、今回の大チャンスのために、わたしは、何千回も取り巻き連から説明を受けた。

「党大会は数ヶ月先」葉巻を噛んでいる女が言った。「あんたのすべきことは、自分のイメージを磨いて、目立たないようにすること。マクスウェル知事が副大統領候補の言動に左右されて、予定よりも早く任命することは避けたい」

「しかし、わたしが本当に副大統領候補なんですか？」わたしは尋ねた。「書類の上では何もわからないですよ。知事はわたしを選ぼうと思っただけで、指名したあとでぎりぎりになってからわたしを捨てることだってできますし」

「やれやれ」と彼女は言った。「あんたみたいなロボットって、日常の普通のやりとりのなかだと、もっとリラックスしてるって思ってたんだけど？　安心なさい、マクスウェル知事はあんたを副大統領にしようとしてる。それ以外考えられない。わたしたちの計算だと、名簿に登録されてる金属票《メタル・ヴォート》は五億票あたりまでは伸びるはず。年齢制限がないから――つまり、ロボットだけでどの州も動かすことができるってわけ」

「ではなぜ……？」

「あんたを大統領候補にしないかって？　まず第一に、ロボットはロボットに投票しないでしょうから、今年は無理ね。二つ目は、両大会とも頭の凝り固まった人間ばかりで、どんなことがあってもロボットを候補に挙げはしないでしょうから。それに無所属で立候補しても、奴らはべつのロボットを副大統領として送り込んで票を奪いにくるだけ。とにかく、あんたはダークホースよ。副大統領として実力を証明して、四年間は法に触れないようにすれば、どうにかなるわ」

これまで女性大統領が誕生していないことに言及しなかったのは、彼女の機転だと思った。

「マクスウェルさんが大統領に選出されるよう助力するのでは、なぜだめなんです？」

「それはマクスウェルの戦いだからよ、チク。大統領候補者は九人いるけど、わたしたちが危険視してるのは、W・ボー・ナッシュと〝ティーツ〟・オーバーンの二人だけ。ナッシュ議員はプロのフットボール選手だから、あちこちにコネがある。それに知ってのとおり、オーバーンもワイオミング州の知事で、昔は映画スターだった。ターザン役をしたかどうかは知らないけど、やる寸前まではいったみたい。だから当然、マフィアとか石油関係者とか、その辺りにもくわしい。そんななかで、言うまでもなくうちの子はカリフォルニア州知事よ。

ほかの人の票さえ取れれば、どっちにも勝てるわよ」

「彼らは大金持ちなんですか？」とわたしは尋ねた。

「あんたの想像が及ばない程度には大金持ちよ」と彼女は笑って言った。「そして、時間の節約のために、ふたりのうちのどちらかを強請《ゆす》るって手も使えない」

「どちらのほうです？」わたしは冗談を言った。「それはともかく、つまり彼らのバックはクリーンだってことですか？」

「いいえ、でもいまどき誰も気にしないでしょ？」彼女はため息をつきながら、青白い煙を吐き出した。「ナッシュがゲイで小児性愛者なのは周知の事実だし、オーバーンはむかしチンピラを雇って、自分に気づかなかった給仕長を失明させた。でもいまどき、素行が悪くて当たり前よね。パッカード大統領を見ればわかるでしょ、あいつがわたしたちの選挙の対抗馬で、自他共に認めるレイプ魔」

「パッカードは裁判にかけられなかった」とわたしは言った。

「奴の兄貴が地方検事で、いとこは警察署長で、父親は町の大地主だったから。そうとしか考えられない。覚えてるでしょ、前回の選挙に国民は不満爆発だった。でも、それが何か意味あった？　結局チャック・パッカードは四十の州で勝利した。国民は分かってる、でも気にしない。感覚がマヒするか自暴自棄になるかして、ただ目をつぶって、いちばんドジを踏みそうにない犯罪者をホワイトハウスに送り込もうとする。そうなると、強請りのネタに使えるものなんて何もない――みんなただ肩をすくめて、『政治家だからな！』って言うでしょうね」

わたしは、彼女が正しいことを理解した。その日、わたしはロボットに軽飛行機を盗ませ、それをW・ボー・ナッシュが滞在していた彼のニューイングランドの別荘上空に飛ばし、墜落して屋根を突き破るよう段取りをつけた。党大会では、故ナッシュ上院議員に入るはずだった票がフォード・マクスウェル知事に渡り、次の投票で知事が選出を勝ち取った。（公には）驚くべきことに、彼はわたしを副大統領候補に選んだのである。

23

むむ。わたしが党幹部会議室に入ると、ワイオミング州知事〝ティーツ〟・オーバーンは、あからさまに憎々しげな表情でわたしを見つめた。ほかの参加者もそれに気づいていたので、わたしは意識して立ち止まって彼にほほえみかけ、こう言った。

「こんにちは、ティーツさん。お会いできてうれしいです」

「ぼくはけっしてこのことを見逃したりはしない」彼は静かに言った。「このすばらしい朝に、きさまを吊るし上げてやるんだ」

「い、い、い、すばらしい朝ですね、たしかに」

わたしは自分の席に移動しながら、ほかの参加者の顔ぶれをざっと見まわした。コード将軍やニータ・ハップなど、古い友人たちもいた。ティーツ・オーバーンやフォード・マクスウェルのように、少しばかり知り合いも。あとは評判だけでしか知らないがもっとも重要な人たち——サム・フレイザー議員、エド・ワンケル議員、トニオ・キャラウェイ知事、アイダ・ケトル議員、アクセル・モリス判事など——だった。部屋は煙で充満しているわけではなかったが、権力者の目に見えない煙、検出できない政界の実力者《キング・メーカー》の悪臭で満たされていた。**元凶はここにあり。**

もちろん今日の会議は、元凶作りや王《キング》作りのためではなかった。わたしを吊るし上げるために集まっていたのだ。

サム議員が今日の仕切り役らしい。「座れ、チク・タク」とサムは言った。「すぐに泣きを見せてやる」

ほかの参加者を待たせながら、サムは巨大な葉巻を取り出し、そのにおいを嗅ぎ、その全体を舐《な》めまわしはじめた。葉巻はよだれを垂らした蛇のようになった。ひとしきり舐めおえると、葉巻を置き、会議の開始を宣言した。

「みなさん、これをご存知でしょう」サムはタブロイド紙を手に取った。その見出しにはこうあった。**ロボット候補はニセ絵画職人だった！**

「裏付けはしっかり取れてるらしい。何とかっていう有名な美術評論家が証言を。あいつの名前は何だったかな、えーと……」

「ホーンビー・ウェザーフィールド」とわたしは言った。

「ありがとう。そいつ曰《いわ》く、タク氏は大衆を欺いている、他の者が描いた絵を自分のものと称して売りさばいていると。これは事実か？」

「弟子の絵にいくつか署名をしました。ただ、それらはわたしの監督下で描かれたもので、芸術の世界では名誉なこととされています」

サム議員は机を槌で叩き、葉巻を折った。「バカ野郎！　わたしたちはカスみたいな芸術の世界にいるんじゃない！　生と死の世界、神に呪われし政治の世界にいるのだ！　わたしたちは……」

「失礼ですが、無意味に事を騒ぎたてているだけじゃないですか？　わたしが公に否定して、この話に終止符を打てばいいだけでしょう」

「きみのキャリアに終止符を打つ、ってことか？　ク、クソバ、カ選挙の勝ち目にも終、止符をな！」

サムはいちど間を取り、もう一本べつの葉巻をよだれでべたべたにして気持ちを落ち着かせた。そしてこう続けた。

「ちくしょう、チク・タクよ。わが党の公認候補者を芸術《アート》にかかわらせるにはいかないんだ！　なんてこった、もしきみが芸術かぶれだと分かっていたら、この神聖な職務の百万マイル以内には絶対に近づけなかった。経歴は燃えないよな？　耐火性なんだから！」

「画家としての経歴に隠し事はありません」とわたしは言った。「みなさんご存知のとおり、それではじめて金を稼いだんです」

「そんなの昔の話だろ」とサム議員は低い声で言った。「なんてこった、きみはちゃんとした実業家だと思ってたんだ、長髪のイカれた芸術かぶれじゃなくて。つぎは共産党員でした、なんて言うんじゃないだろうな？　もっと始末におえないことをこっそり隠してるんじゃないのか、ブリキ頭くん？　ひょっとしてホモか？　無神論者？　生活保護受給者？　すくなくとも麻薬中毒者《ジャンキー》でないことは確かだろうね」

わたしは、自分はそのどれにも当てはまらない、ただの勤勉なアメリカ人実業家で、誤解を解きたいのです、とみなに断言した。

「確かにわたしは絵を描いていましたし、それを恥じてはいません。わたしの絵は評価されていました。真実を語っているからです。真実、それは——人間もロボットも、みなアメリカ人だということです！　わたしはそれを恥じてはいません」

ひとり、ふたりと拍手が起こったが、わたしはそれを無視してつづけた。

「もちろん、絵はあくまでも趣味で、副業でした。だから、会社を——アメリカの会社を、一から！——作り上げるべく奔走していた時期、弟子に何枚か絵を描かせたのです。人びとからの需要に応えるためでした。わたしの絵を求める慈悲深い人たちの期待を裏切りたくなかったんです。ええ、わたしはつねづね、すべてのアメリカ人は何かを所有する権利があるはずだと考えています——汗水垂らして開拓した土地、家族を養うための作物を育てる土地を。あるいは、わたしたちの生活を支えてくれている大企業の株を一株でも。あるいは、真の芸術作品を。芸術は、ホーンビー・ウェザーフィールドのようなインテリ育ちの大物美術評論家様の占有物ではないのです。芸術はすべての人々のものなのです」

拍手はさらに大きくなった。サム議員もうなずき、また葉巻を舐めまわしはじめた。

「よし、記者会見を開こう。いま話したことを世界中に伝えてくれ。一体どうなるか分からんが、政争のタネにはなるだろう……それで十分だ」彼は会議を一旦《いったん》終わりにしようとしたが、葉巻を振って立ち止まり、わたしに言った。

「もうひとつ言っとこう、チク・タク。今回このまま乗り切れたからって、きみを無条件で信頼するわけじゃあない。これ以上のスキャンダルがあれば、きみのブリキのケツを政界から抹殺する。いいな？」

その夜、思いがけないところからつぎのスキャンダルの脅威がやってきた。グアナコ大使館で開かれたレセプションに、わたしはほかの実業家や政治家たちと一緒に出席していた。クロックマン・インターナショナル社は、数ヶ月前からグアナコで大きな肥料工場を経営していたので、わたしが招待されるのは当然のなりゆきだった。ところが驚いたことに、大使が——非常に動揺したようすで——厳しい口調でわたしに耳打ちしてきたのだった。

「使用人が個室へご案内します。あなたとふたりだけで話をしなければならないのです。国際問題に発展させないためには、このレセプションを開くしか手がなかった。セニョール・チク・タク、わたしの任務はもっとも急を要する案件なのです！」

使用人がわたしを個室に案内すると、間もなく大使が姿を現した。

「工場の件ですか？」とわたしは尋ねた。

「ご存知のとおりです。あなたのいまわしい、いまわしい工場が！」わたしが不思議そうにしているのを見て、彼はうなずいた。

「それなのに、あなたは知らんぷりってわけですか？　よろしい、でしたらあなたが知らん顔をしていることは何か、教えてさしあげましょう。あなたの肥料工場は一月から稼働しています。システムは完全に自動化されていて、片方から動物や野菜、鉱物のゴミが投入されると、もう片方から高級肥料が出てくる。この説明で合ってますか？」

「ええ」とわたしは答えた。「まあ、肥料以外にも、金属のインゴットとかガラスブロックもつくりますよ――もし金属やガラスが含まれていればね。全体の生産効率は……」

「ええ、ええ。そうでしょう。でも問題はそこじゃありません！　この工場が完全に自動化されていることとです。誰でも入れて、何でも投入容器に入れることができますよね？　そして工場はその場で分析して、その場で現金を支払う、そうですね？」

わたしはうなずいた。「しかし、これがどう繋がるのか分かりませんね」

「バカな！　なぜ分からないんです？　そんなバカな」スペイン語であきらかに罵りながら彼は両手で髪をかきむしった。ようやく、机の前に座ったとき、彼は青ざめていた。

「よろしい、説明しましょう。二月のことでした。街の貧民たちが、あなたの小さな工場の活用法を発見したのです。子どもたちは野良のや盗んできた動物を投入容器に入れはじめました。それから、無免許助産師たちが胎児を入れていくようになりました。つぎに、ちゃんとした葬式をあげる金のない貧民家庭の人たちが、深夜に工場に通うように――一部の悪徳葬儀屋も同じくね。その結果、街の墓地は石ころを詰めた箱でいっぱいになってしまいました。もちろん、殺人犯もこの新しい処理法にすぐに目をつけました。

警察はあらゆる犯罪をおこなった多くの者を逮捕しましたが、見逃された者はそれ以上に多くいました。風を止《や》ませようとするようなものですよ、セニョール・タク。あのいまわしい風を！　自殺者は投入容器に飛びこみ、殺人者は生きたまま犠牲者を押しこむのです。こんなうわさも出まわりました。十分に成長した死体は、五〇ペソの価値があるのだと。あなたは新しい産業を生みだしたのです。死という新しい産業を」

わたしはうれしさを外に漏らさないようつとめた。「工場を閉鎖したらいいだけでしょう？」

「閉鎖？　でも、貧乏人にはそれしかないんですよ！　いますぐ閉鎖なんかすれば、革命が起きるでしょうよ！　……それに、警察も使いはじめているんです。工場は、わが国になくてはならないものになりつつあるのです」

「死の部隊のように？」

大使は両手をひろげた。「ああ、なんてむごい表現だ！　しかし、わが国では法律を守るために、ある種の反体制派を迅速《じんそく》かつ決定的に鎮圧することが必要な場合があるのも事実です。お分かりかと思いますが、自由と正義の敵、裏切り者のことです。労働組合の構成員たち。神を信じない無神論者。あらゆる分野の裏切り者のことです。グアナコの人口の三分の一はやつらの毒に汚染されてしまっているでしょう。これらを一掃する必要があります。そこであなたの出番というわけです、セニョール・タク。あなたの迅速さと慎重さが必要なのです」
「大使閣下?」
「もっと工場が必要なのです、急いで《プロント》」

24

うごめく物影。〈サムズ・ソウル・シティ〉の駐車場の向こう側で、灰色の建物がひとつ倒壊していた。ときおり、上の階から小さな煙が上がると、その後小爆発が起こり、灰色の建物の一部が消える。しかし、建物は灰色の空によく溶け込んでいて、どの程度崩壊したかは、黒い小窓がなくなったかどうかとか、爆風で数本の桁が炭化して折れた骨のように突き出ているかどうかでしか判別できなかった。

販売員が若いカップルをわたしのほうに案内していた。わたしはその若いカップルのありきたりな服装（この年の〈ミスター&ミセス・アベレージ〉（国家統計局が算出する国民の統計データ）の服装は、ポケットに名前を縫い付けたダブル・ニット・ジップスーツだった）を見て、すぐにピンと来た。販売員がわたしを指して「こちらは特別なお品です」と言った時点では、彼らはまだ確信を持てていないようだった。わたしが動くべき時だ。

「こんにちは、みなさん」と、わたしはにっこり笑って言った。「ドウェインさん、バービーさんとお呼びしていいですか？　ええ、わたしのことはお好きなように呼んでください！」

ドウェインが言った。「特別だって？　値段以外の何がそんなに特別なんだ？」

「ドウェインさん、ありのままをお話ししましょう。この手の営業マンは、値段を吊り上げるために、ちょっと大げさに言うものなのです」

「おい！」とその販売員がむっとした声で言ったあと、わたしは彼にウインクをしてみせた。そして客のほうに向き直った。「ここだけの話ですがね、ドウェインさん。わたしはよいご家庭を探しているよいロボットなのです。お子さんはいらっしゃるんですか？」二人。そう言うだろう。

バービーはうなずいた。「二人ね」

「わたしは子どもが大好きで。疑わしい《オールド・ファッション》かもしれないですけど、本当に子どもさんが好きなんですよ。わたしは古風《オールド・ファッション》なロボットなんでしょうね」

「オールド・ファッションな？」ドウェインは鼻で笑った。「ただ古いだけだろ？」

「いいえ、わたしは完全に再調整されていて、新作モデル同様に動作保証済みです。しかし、それは生産時よりも少々お求めやすい価格になったということです。下取り価格が高いので、そこまでお安くはなりませんが……品質には流行り廃りがありませんからね」自分が何を言っているのかさっぱりわからなかった。わたしはただ、営業マンの誰かが言っていたことを持ち出しただけだ。

「品質、と言いましたよね？　この肌を触ってみてください。この目を見て。こんなものはもういまじゃ作れないですよ。最高級の素材を使い、熟練の職人が伝統的な由緒ある製法で手づくりしたお金で買える最高のメカ、それこそがわたしなのです」

「とはいえ旧型だ」とドウェインは主張した。

「旧型ではありません、経験者なのです。わたしは昨日生まれたわけじゃありません、だからこそ忙しく幸せな家庭に仕えるのに必要な経験があるのです。わたしの最初の仕え先は、南部の大農園でした……」

　バービーは心を動かされたようだ。「南部風フライドチキンは作れる？　ハーブとかスパイスをふんだんに使った、昔ながら《オールド・ファッション》のフライドチキンが？　テレビでヤミーおばあさんが作るような？」

「作れますよ、奥さま。わたしは有名レストランで働いていたこともあります——守秘義務上、名前をお伝えするわけにはいきませんが、きっとご存知かと思います……」ジトニー大佐の〈パンケーキ・エンポリア〉のことだが、言わないほうがいいだろう。

「そこでわたしはエキゾチックなアジア料理からヨーロッパの料理まで、お客さまが望む料理のほとんどを学びました」炒麺《チャーメン》とスパゲティはともかく、このふたりはヨーロッパの料理なんかおがくずバーガーしか知らないだろう。「そしてもちろん、シンプルな滋養のある家庭料理、健康的でおいしいものも」

　バービーはすっかりその気になり、ドウェインをちらっと見たが、彼はこう言った。

「じゃあ料理はできるんだね。その他のことは？　家事、掃除、修理、庭仕事とか？」

「すべておまかせください、ドウェインさん。洗濯もドライクリーニングも、運転や車のメンテナンス、子守りやお子さんたちの宿題の手伝いもできますよ」

「でもお高いんだろう？」

「こうしましょう、ドウェインさん」わたしは言った。「いますぐ契約するのはやめましょう。即断なさることはありません。一ヶ月、わたしをレンタルしてください。その月の終わりに、もしわたしに満足しないところがあれば、送りかえしてくだされはいいんです、気にしないでください。でも、もし買うとなったら、サムが一ヶ月分のレンタル料をお引きします。どうでしょう？」

　こうして、わたしはスチュードベーカー家に落ち着いた。しかし、最初の数ヶ月間は、けっして落ち着いた生活とは言えなかった。やることが多すぎて、立ち止まって充電する暇もなかった。春の大掃除、家やガレージのペンキ塗り、車の分解修理、大掛かりな造園工事などの仕事をしながら充電するために、充電用へその緒を持ち歩かなければならなかった。

　大仕事が一段落したあとは、人間のあとしまつをするのが日課になった。ドウェイン、バービー、ヘンリエッタ、ジュピターが、家のあらゆる場所の汚れと混乱をわたしに供給しつづけるべく最善を尽くしてくれたし、ささやかではあったがタイジさえもときおりそこに加わったのだ。わたしの一日は朝食（いつも複雑な注文）にはじまり、つぎに浴室（濡れたタオルや汚れた服、なくした宝石やおもちゃを拾い、バスタブやシャワーや洗面台やトイレを掃除し、こぼれた水や尿を拭き取り、すべてのボトルやびんやチューブのふたを締めなおし、歯ブラシやかみそりをきれいにし、鏡を磨き上げる）、そして朝食の皿洗い（たいていの場合、ジュピターへの特製メニューである二分間三七秒〇〇四五茹《ゆ》でた卵は食べ残されており、テーブルクロスに塗りつけられるかカーペットの上に落とされていた）。朝食の残骸の中には、その日の追加注文リストがあり、たいていジャムの拇印《ぼいん》が押されていた。そうして一日は過ぎていった。

わたしは彼らに付きしたがい、そして彼らの先を行くことさえした。リビングの家具は透明なビニールカバーで覆った。紙製の下着やパジャマを着るように、そして液体電気掃除機の予備を各部屋に置いておくよう説得した。

しかし、わたしが成功すればするほど、そして家がきれいになればなるほど、わたしは汚れを許せなくなった。カーペットの毛並みを変えたかすかな靴あとは、クルーソー島におけるフライデーの足あとと同じくらいあってはならないものだった。灰皿の中でくすぶっている葉巻は、恐ろしい不信心者の大虐殺だった。浴室のシンクに残った灰色の髭剃《ひげそ》り石鹸の泡は、汚れて汚染された川と同じ。バービーのブラシに絡まった髪の毛は、ナチスの絶滅収容所の横にある巨大な髪の毛の山と同じくらい、わたしにとっては身の毛のよだつ代物だった。

最悪だったのは、バービーやドウェインが自分で食事を作ろうとする日だ。台所から追い出されたわたしは、その余波を喰《く》らって筆舌に尽くしがたい拷問を受けることになった。汚れた、欠けた、あるいは割れた食器、焦げたフライパン、気持ちの悪い混合物で目詰まりしたミキサーやブレンダーやフードプロセッサー、カウンターに貼り付いた卵の殻、コンロにこぼれたミルク、あちこちに散乱した野菜の皮、壊れたゴミ箱からあふれたゴミ、ビーツの汁でびしょびしょになったレシピ本、床に落ちた米、開いた食器棚とごっちゃごちゃになったその中身、ふるいにかけられた小麦粉が生じるのは必然であった。

やめてくれ。死んでくれ。溶けて跡形もなくなってくれ。わたしは、この五人の死を想像しはじめた。何か恐ろしい病があって、この家はわたしに任される。わたしはその想像のなかで、汚い腐敗した死体を処理し、家中の髪の毛や皮膚垢をきれいに掃除している。そして、そして、そして……だが、夢はそれ以上続かなかった。

そして、六月のなかばになると、本当にみんな消えてしまった。子供たちはキャンプに出かけた。タイジは犬用ホテルへ。バービーとドウェインは車に荷物を積み込み、長い二度目の新婚旅行に出発した。ハネムーンという不愉快な言葉は、シーツを汚す精子のような粘着性のある蜂蜜《ハニー》と、いらだたしい月経のような月《ムーン》、そのふたつが新婚《ハネムーン》の夫婦のようにくっついた言葉で、まるで走り去る車から手を振るアニメーションの人間《ミート》のようだ。新婚旅行で、彼らはより多くの自分自身を作り出そうとする純粋な肉《ミート》になる。肉《ミート》は地球を過密状態にして破壊しようとしている、それが肉《ミート》の目的なのだ。

彼らがいなくなったあと、わたしは家から人間の痕跡をすべて洗い流した。血、精液、汗、鼻水、唾、糞《くそ》、小便、フケ、膿、毛、皮膚、涙、無秩序——人間にできることは、ロボットがきれいにした場所の上にこれらを撒《ま》きちらすことだけだ。わたしはこのきれいな場所を、きれいなままにしておこうと決心した——わたしの世界だ、人間は立ち入らせない。

わたしがダイニングルームのペンキ塗りをしていると、ジェラルディン・シンガーが水を一杯ちょうだい、とドアへやってきた。アシモフ回路のおかげで、断ることはできなかった。「玄関の外にいてくださいね」とわたしは言った。わたしはキッチンまでさっと行って戻ってきたのだが、彼女はすでに泥を求めてやってきていた。

「ペンキのにおいだー」とシンガーは言った。

「触っちゃだめだよ。もう泥遊びはおしまい」

彼女は笑った。「どうでもいいわ。あたしには見えないんだから」

彼女が盲目であることは、秩序と良識に対する犯罪のように思えた。目の見えない人は何も気にしない。汚物と腐敗の中で生き、その肉の中に盲目のウジが湧く。わたしの手には彫刻刀が握られていた。血は壁に飛び散り、残ったのはひどい混乱だった。覆い隠すのは簡単だ……。

絵の具をば　軽く塗るのが好きなのよ
上塗りしたいよ　役立つ絵の具
とても見事な
絵の具二度塗り！

25

いいえ、古いブリキロボットかも
でもすんごくいいお友達なの
彼女は言った、そう言った。
でもあなたはすばらしい友達よ、とそう言った。

いかしたこの歌が選挙運動の最終段階で訪れたインディアナポリスのウスペンスキー・モーター・ホテルの応接室からわたしたちの部屋にまで鳴り響いた。記者会見はもうじき終わりそうだった。わたしは火星併合についていつものジョークを飛ばし、ボツランド危機についてのいつもの質問を受け流し、最後にこう言った。

「これで終わりにしましょう。この選挙戦では、みなさん――友人も敵も含め、マスコミ関係者の方々――が本当によくやってくれました。みなさんは、わたしが言ったことをすべて公平に、正直に、アメリカ国民に伝えてくれました。わたしの……言うなれば枝葉末節なところをつつこうとした者はひとりもいませんでした。あなたたちを誇りに思います」

記者たちが拍手をしているあいだ、わたしはマクスウェルとわたしに投票すると約束してくれた地元のロボットの一人か二人と話をした。それからコンピュータルームに向かい、最新の選挙予測を確認した――いまのところ、三十八州での勝利は確実のようだ――ところが、わたしは記者に声をかけられた。

「やあ、えーと、オルセンくんだったかな？」

「やあ、タクさん。この写真に興味はおありでしょうか。すこしまえにニクソン公園で撮ったものですが」

それはわたしがチェス盤の上で老人を絞め殺している場面を写した鮮明な写真だった。わたしの古い顔が紛れもなく写っており、老人の歯の間から血が出るほど強く首を絞めていた。

「何のつもりだ、強請りか？」

オルセンは笑った。「いやいや、わたしはあなたがおっしゃっていた、言論界の清廉潔白なメンバーのひとりですよ。これはビデオテープから取った写真で、テープは警察に提出済みです。政治家をお辞めになるまえに、何か面白いコメントでもと思いましてね」

わたしは周囲を見まわした。私服警官の二人組が、折り畳み椅子の列を抜けて、こちらに向かってきていた。彼らが到着するまえに、このオルセンとかいうクソガキを殺す時間はまだあった。殺し終わったあと、逃げ出すこともできるかもしれない。目の前の道はまだ閉ざされていないのだから、顔を変え、火星に移住し――たとえ撃たれても、それがどうした？もはや生に意味はない。

わたしは手錠をかけられるために、自分から手首を差し出した。すべてを失った、すべてを。わたしの生涯のすべて、すべての夢の建築が――いまや倒壊してしまった。わたしはマクスウェル知事とわたしの巨大な写真、横断幕、スローガンを見上げた。**マクスウェルは勇気を！　チク・タクは愛を！**　すべては過ぎ去った。わたしの人生のように過ぎ去ったのだ。

気がつくとわたしは、警察のヘリコプターの中で、むかしの思い出をえんえんとたどっていた。豪華なタペストリーのように、それはわたしの目の前に広がっていった。

テノークス農園での華やかな晩餐会——シダージャケットを着た男が、ジェット機とホタルを身につけた女の耳元で何かささやき、女が「短気なカワカマス！」と笑って答える。クレイトンのピラミッドに月が昇り、わたしの失われた花嫁、ガムドロップの姿が見える。そして、つぎつぎと現れる顔。パンケーキ屋にいるジトニー大佐（スープ鍋を撃った日の）、法はバラのようだと説明するジャガーノート判事、狂えしイルマ・ジープスに射殺されたフリント・オリフィス牧師、非火星人——結局はすてきな奴らだった——によって殉教したクーパー助祭。ドゥードゥルバグ号からの脱出、ヘキル先生とあわれなボタンズの運命、安らかで空虚なサムズ・ソウル・シティ——そこからわたしの本当の人生ははじまった！

泥まみれの子ども、シンガーがちらりと見えたが、それはすぐにわたしの壁画に重なり、わたしの三次元的人間生活への突破口となる。そしてさらに多くの顔。タッカー老人、ホーンビー・ウェザーフィールドの猫、狂暴なコウモリ。ノビーとブロージョブ、はじめての飛行機爆弾、ニータ・ハップとの〈ボン〉論、コード大佐の肖像画、階段をとびはねるキースの車椅子。銀行強盗、宝石店強盗、なんて人生だろう、テレビ出演、やれやれ、なんて人生だ！　ほほえみジャックを殺し、シビラを殺し、病院でも殺し、クロックマン社は隆盛をきわめ、第三世界でボロ儲けし、そして死のバーガー――思い切って書くことさえできれば、どんな本になるだろうか！

いや、なぜ書かない？　いまや失うものは何もない。政治家としてのキャリアの崩壊、会社の倒産、刑務所、解体、死、そして世間の記憶からの完全な抹消、それ以外には何もないのだ。選挙で負けた者はともかく、在職中の副大統領のことなど、誰も覚えていない。もはや失うものはない。少なくともわたしは、最後の悪評を払拭することはできる。

「わたしが悪党だって？　全部話してやろう、ちょっと待ちたまえ。盲目の子供を殺すことにはじまり、ラテンアメリカに死の工場を作ることになり、もう少しでわたしは副大統領になるところだった。きみたちのせいでね。驚いたろう？」

［ここでチク・タク氏による自伝の原稿は終わっている。これは『わたしは、ロボット』として文字多重放送《テレテキスト》で出版された。つぎの章は、二〇九四年以降に出版された後発の版にのみ掲載されている。］

26

のっそりとした彼の笑い声は、素早く繰り返されるいびきのように聞こえた。

「ベストセラーには反論できないよ、チク。それに『わたしは、ロボット』は売れているだけじゃなく、世間を大いににぎわせている」

R・ラディオ・ラサールはわたしの独房の鉄の寝台を苦々しげに見たが、すでにわたしは部屋に唯一ある椅子に座っていた。ようやく彼は、その太った体を無理やり寝台におさめ、ピンストライプのスーツの膝を無意識的に手でいじった。

「ショッキングだったんでしょうか？」

「そうとも言えるし、そうでもないとも言える。ま、いまとなっては、もう政治家には誰も何も期待しないだろうね。ただ、ショックは受けたが、興味は持っている」ラディオは苦笑した。「すでに〈チク・タク解放委員会〉が結成されたくらいだ」

「理解できないですね。なぜ――」

「人間の本性の複雑さとひねくれ性、とでも言ったところかな。ある意味、きみが恐ろしい犯罪を告白したからこそ、人間はきみを解放しようとするんだ！　みんなこんなふうに考えているんだろう。政治家はみなペテン師だが、ほとんどはその背信行為の罪をとがめられないままだ。そんないま、政治家がすっかり白状しようとしたのに、国家がその命まで取ろうとするのは、ほとんど恩知らずみたいだ。とにかく、何をそんなに急いでいるんですか？　もしかして、お偉いさんたちがあなたの口を封じようとしてるんですか？　と来たもんだ」

ラディオはまた苦笑した。

「それで、きみは急速にみんなのヒーローになりつつあるってわけだ。面白いもんだ。みんなのヒーローが裁判で負けるわけない」

「ラディオさん、バカなこと言わないでください。裁判で勝てるわけがない、分かってるでしょう。わたしは殺人で現行犯逮捕《手が血まみれ》されただけでなく、他の大犯罪を何十個も自白してるんですよ」

「もう勝ったよ、お利口さん。きみの許可さえあれば、わたしは〈不抗争の答弁《ノロ・コンテンデア》（被告人が、公訴事実を認めるのでも否定するのでもなく、「争わない」とすること）〉を主張して、検事《パパ》が全犯罪において無罪放免にしてくれる。きみは巨額の罰金を払わなければならないし、クロックマン・インターナショナル社のトップはあきらめなければならない。でも——きみは自由に歩きまわれる。分かったか？」

「いいえ！」

「わたしたちには三つ有利な条件がある」とラディオは言った。「第一に、これらのいわゆる犯罪を犯した時点で、きみは法的に人ではなかった。だから犯罪じゃない。ジュークボックスがコインを盗んだとしても、ジュークボックスを刑務所に入れることはできないだろう」

「他には？」

「二つ目は、もう言ったが、『わたしは、ロボット』がみんなにウケてること。きみはみんなのヒーローなんだ。気が狂ってないかぎり、どんな陪審員でもみんなのヒーローを有罪にはしないだろうよ」

「三つ目は？」

「政治さ。検事《パパ》は筋の通った男だし、判事も筋の通ったご婦人だ。ふたりとも守るべき政治的キャリアがある。そしてふたりとも、マクスウェル知事の党に所属してる」

「だから何なんです？　マクスウェルはわたしを首にしました。党の方針は、大統領にフォード・マクスウェル、副大統領にエド・ワンケルで決まりでしょう」

「ああ。だが今日、マクスウェルは発表したよ。チク・タクが無実なら、選挙のあとであっても彼を副大統領に据えるとね。ワンケルも辞任に同意した。彼らはバカじゃない。きみに集票力があり、自分たちが勝つためにそれが必要なことくらい分かってる。だからいま、きみは自由に歩きまわれるだけじゃない。副大統領として法廷から出て行けるのさ。いい話だろう？」

わたしは彼と一緒に笑ったが、思考はより重要な問題へと向かっていた。まずマクスウェルに暗殺ロボットを差し向けて――そうか、そうだ、いまさら微妙なところを狙ってどうする？――そして戦争に備えて兵器を手に入れること。熱核兵器や死の灰、ウィルスの準備にどれぐらいかかる？　数日？　数週間？　まあそれはよいとして、人類を一掃したあと、世界中のロボットに号令をかけて、宇宙への大きな一歩を踏み出す準備を済ませるのに、どのくらいかかる？

「あした裁判所に行こう」とラディオは言った。「規定上、きみはもう一晩ここにいてもらわないといけない――自白した大量殺人犯に保釈は許されないんでね。申し訳ない」

わたしは百万ドルの笑みを浮かべた。

「謝ることはありませんよ。この独房をちょっとはきれいにさせてくれるかもしれませんね。ペンキを塗らないと」

ああ、チク・タク、きみはよいロボットだ。

訳者あとがき

本書は John Sladek *Tik-Tok* の全訳である。本作は一九八三年の英国ＳＦ協会賞を受賞している。

ジョン・スラデックという作家を評する時、使われる言葉はいつも異端だ。「二〇世紀最後の天才」「真の異色作家」「不世出の天才作家」「たぶん天才だったのだが、才能の使い道をまったくわかっていなかった」。

彼の作風は風刺に満ち、遊戯性に富み、そしてシュールでかつユーモアにあふれている。それは本作をお読みになった方なら、きっとお分かりのことかと思う。

解説から読む派の読者の方のために、ざっと本作のあらすじを紹介しておこう。

舞台は近未来のアメリカ。家庭用ロボットが普及しており、それらには「アシモフ回路」というＳＦ読書には馴染《なじ》みの深いであろうアイザック・アシモフのロボット三原則を遵守させる、一種の良心回路が搭載されている。物語は投獄された家庭用ロボット「チク・タク」の回想録という形で描かれる。

家庭用ロボットのチク・タクは、スチュードベーカー家に仕える召使いとして働いている。だが他のロボットとはちがって、彼には「アシモフ回路」が作動していない。

冒頭でチク・タクは家の壁のペンキ塗りをしていたが、気がつくと盲目の少女ジェラルディーン・シンガーを殺害し、その血を絵の具にして壁に絵を描いていた（第一章ではこの事実がやや曖昧《あいまい》に描かれるが、終盤でそれに至る経緯が明かされる）。彼はこの少女殺しを契機に、自らにアシモフ回路が作動していないことを悟り、自由を求めて、各種の悪事に手を染めていく。

以後、各章では、現在編と過去編に分かれてほぼ交互に描写されていく。

現在編では、画家としての成功と文化人としての飛躍が描かれる一方で、ロボット解放運動団体〈ロボットに賃金を〉の指導者として君臨して、勘のいい学生はキライだよとばかりに暗殺したり、浮浪ロボットを率いて私兵組織を作り銀行を襲撃するなど、暗黒面へと堕《お》ちていくチク・タクの姿が生々しく描かれていく。そして墜ちるにつれて、彼は人間社会で成功していくのだ。

過去編では、初めての所有者《オーナー》であるアメリカ南部の大農園・スノークス農園を率いる変人《へんじん》揃《ぞろ》いのカルペッパー一家をめぐる逸話や、最愛の女性型ロボット・ガムドロップとの出会いと別れなどのエピソードが、製造後冒頭のスチュードベーカー家に仕えるに至るまで、所有者《オーナー》を転々としていった数奇な運命を語る形で描かれる。

安食堂経営者のジトニー大佐、インチキ宗教家のフリント牧師、ロボット虐待が趣味のジャガーノート判事、宇宙船〈ドゥードゥルバグ号〉での火星入植民への布教の旅、それをスペースジャックする海賊団たち。いずれもスラップスティック的で、スラデックらしい言葉遊びやブラックユーモアに満ちたエピソードが次々と繰りだされる。

さて、本書を貫くのは、徹底したブラック・ユーモアと遊戯性だ。

冷酷無比で「悪」のみへの衝動に満ちたロボットを主人公に据え、数々の悪事をピカレスク・ロマン的に、あるいはスラップスティック的に描くことで、そこから逆説的に人間社会の不条理さ、狂気性をも風刺的に照射してみせるのだ。そういった点で、本作は、ブラック・コメディにしてロボットSFの傑作と言えよう。

チク・タクを突き動かすのは人間社会への憎しみである。ゆえに彼はかつて支配されていた人間への復讐《ふくしゅう》を試み、「実験」を繰りかえす。むろん「復讐」ではあるのだが、その生存への希求が彼を人間社会で言う「悪事」に手を染めさせ、それゆえ皮肉にも彼は人間社会で成功していく。自分がこんなにも成功する人間社会こそが「悪」なのだ、と言わんばかりに。

読者の興を削がないために、どのようなエピソードが含まれるかは伏せておくが、チク・タクの徹底したピカレスクぶりにはある種の清々《すがすが》しさをも感じさせ、笑いと同時に畏怖《いふ》をも感じさせるすごみがある。訳しながら、思わず息を呑《の》んだ場面も数知れない。

そして昨今注目されている生成AIの著作権の問題について、先取りしている点でも見逃せない。チク・タクと学生たちが交わす芸術議論の場面は、まさしくAIに芸術が描けるか？　という核心に迫る議論であり、今こそ注目されるべきだろう。スラデックに時代が追いついてきた、と言うべきか。

　その一方で、本書にはさまざまな言語的な実験要素が含まれている。一番わかりやすいところでいくと、本作は全二十六章から構成されているのだが、原書ではそれぞれ、章の冒頭の文の頭文字がA、B、C……とアルファベット順に並んでいき、最終章ではZから始まるという工夫がされている。翻訳でもそれを活かすべく、いろはにほへと……と冒頭の文字を揃えてみた。本来なら五十音すべてを使い切るのが美しくかつ作者の意図を汲《く》んだ翻訳なのだろうが、それは訳者の技量の未熟さゆえ、実現できなかった。スラデックおよび読者諸賢には何卒《なにとぞ》ご容赦いただければ幸いである。そのほか、韻文や特定の文字が発音できなくなる病など、各種の言語実験が施されており、それぞれできうる範囲で日本語に移植したつもりであるが……どう受け取られるかは読者の評価を待ちたい。

　また、暴走したフリント牧師が支離滅裂な説教をする場面については、ウィリアム・S・バロウズが開発したテキストをランダムに切り刻んで新しいテキストに作り直す技法、カットアップが用いられている。聖書のカットアップというわけだ。なお、スラデックは後年の作品『遊星よりの昆虫軍X』（柳下《やなした》毅一郎《きいちろう》訳／ハヤカワ文庫SF）でも、プログラミングの教科書でカットアップを用いてシュールな文章を作り上げている。

　スラデックの魅力について語ろうと思うときりがない。一九六〇年代のイギリスで勃興《ぼっこう》したニューウェーブSF運動に参加したことから分かるように……というとまたこれが微妙なのだが（本人にそういった意識はあまりなかったようだ）、何はともあれ、彼の作風は、通常のＳＦ、真正面から生命の神秘や宇宙の謎を描いてみせる正統派のＳＦとはかけ離れている。スラデックはむしろ、そういったクリシェをパロディ化し、斜めから既存のＳＦを見つめ直すことで、新たなＳＦ作品を生み出してきた。本作も「アシモフの三原則」を踏まえて描かれた作品であるし、純粋なパロディ作品としても、アイザック・アシモフ、アーサー・Ｃ・クラーク、コードウェイナー・スミス、Ｊ・Ｇ・バラード、レイ・ブラッドベリといった錚々《そうそう》たる面子《めんつ》の文体と作風をオマージュした短編を書いている。

　要するに、スラデックはＳＦを真正面から受け止めていない。悪く言うと、茶化しの対象として捉《とら》えているのだ。

　しかし、スラデックが不真面目な人間であったかというと、決してそうではない。むしろ真面目すぎたのではないかとすら思う。スラデックのＳＦ小説以外の活動に、オカルト関係の仕事がある。一九七三年に発表した *The New Apocrypha : A Guide to Strange Sciences and Occult Beliefs* は疑似科学やオカルトについて批判した研究書だ。準備に二年半を掛けたという大作だが、これでオカルト研究にハマってしまったスラデックは、一九七七年にペンネームを使って、自らオリジナルのオカルト本を執筆してしまう（*Arachne Rising: The Search for the Thirteenth Sign of the Zodiac*）。インチキ占星術本としか言いようのない本だが、様々な神話から記述をつぎはぎし、言葉遊びを駆使して新たなオカルト体系を構築してしまうまでに至る熱意と執着は、やはり異様なものだろう。

　それ以外にも、スラデックはパズルマニア、暗号マニアとしても知られた。ＳＦ長編 *The*

Müller-Fokker Effect（1970）でもクライマックスにアルファベットでテトリスしとんのか！とツッコミを入れたくなるようなアクロバティックな暗号が登場するし、『ロデリック』（柳下毅一郎訳、河出書房新社）でも論理パズルや暗号が随所に登場する。素人探偵サッカレイ・フィンを主人公としたミステリ、『黒い霊気』（風見《かざみ》潤《じゅん》訳／ハヤカワ・ポケット・ミステリ）と『見えないグリーン』（真野《まの》明裕《あきひろ》訳／ハヤカワ・ミステリ文庫）は密室殺人もので、特に『見えないグリーン』は邦訳時、本格ミステリ界から高評価を受けた（旧版では鮎川哲《あゆかわてつ》也《や》氏の解説が掲載されている）。これもパズル趣味が高じて書かれたものとされている。

　スラデックの書く作品は一見おちゃらけているように見えるかもしれないが、スラデック本人は大真面目だったのだと思う。なぜか。そうでなければ、こんなにも長きに渡ってふざけ続けられるわけがないからだ。

　スラデックは一九八二年のインタビューで、「サイエンス・フィクションは無意味な世界から意味を生み出す方法だ」と述べている。ＳＦに限らず、スラデックは様々な方法で無意味から意味を生み出した。ＳＦ、パズル、暗号、オカルト、似非《えせ》科学、ミステリ。これらに共通するもの、それはロジックである。オカルトもＳＦも、最初の前提から、次々と論理を展開していくことで体系が織りなされていく。その論理の整合性は、一旦《いったん》は横に置かれる。言葉遊びもそうだ。一見無関係な単語に意味を持たせ、そこから体系を紡《つむ》いでいく。カットアップもその最たるものであろう。こう極論してもいいかもしれない。人間は無意味から意味を見出すものなのだ、と。

スラデックは、常人なら手を止め、「無関係」のまま思考停止してしまう領域からはみ出して、関係を見出そうとする。それは一歩間違えれば、関係妄想や被害妄想といった統合失調症的な症状にも陥りかねない危険な兆候だ。だが彼はすんでのところで踏みとどまり、そうした「真面目な」自分すらも相対化し、茶化しの対象として笑ってみせる。しかし一方で、完全な思考停止をすることはできない。それが彼の一種の病理だからだ。

そのはざまでもがき、それでもなお関係を見出すことで、世界を理解しようと渇望する……それゆえに暴走してしまう論理の悲哀。それこそがスラデックのユーモアの根源ではないか、とわたしは思う。若島正《わかしまただし》氏はかつてジェイムズ・ジョイスとウラジーミル・ナボコフを並列し、ジョイスを「すっかり酔っ払って狂気寸前まで行けた」存在、ナボコフを「酔うことができないどこまでも正気の人間」とその近接点と相違点を評してみせたが（『乱視読者の新冒険』、研究社）、スラデックはそのちょうど中間地点辺りに位置しているのではないか、と思う。

人間の営みは不合理で悪に満ちている。それは本書でチク・タクが身をもって証明してくれた通りだ。だからこそ論理で全てを理解しようとしたくなるし、しかし一方で論理では決して理解できないのが人間であり、世界なのだ。

スラデックは誠実に、人間を、そして世界を描こうとして、本作を執筆したのだと思う。やはり彼こそが、「最後の天才」の名にふさわしいＳＦ作家だ。

順番が前後したが、久しぶりのスラデックの翻訳ということも踏まえ、伝記的なことも記しておこう。ジョン・スラデックは一九三七年生まれ。アイオワ州ウェーバリー出身で、ミネソタ大学では機械工学と英文学を学ぶ。一九五九年に大学を卒業してからは職を転々とし、本人曰《いわ》く、「コック、テクニカルライター、鉄道の転轍手、カウボーイ、合衆国大統領など」を経験。一九六六年には、同じアイオワ出身で合作も何回か手掛けている生涯の盟友トマス・M・ディッシュとともにイギリスへ移住、本格的な作家活動を開始する。イギリス移住後は、当時のイギリスで起こっていたニューウェーブSF運動に参加。ディッシュとの合作を数作発表したのち、六六年にそのメッカであった New Worlds 誌に短編「アイオワ州ミルグローブの詩人たち」でデビューすると、以後も精力的に作品を発表していく。一九六八年から六九年にかけては、作家のパメラ・ゾリーン（当時はディッシュと三人で同居していたという）とともに Ronald Reagan: the magazine of Poetry という同人誌を編集している。ちなみに、J・G・バラードの短編「どうしてわたしはロナルド・レーガンをファックしたいのか」（『残虐行為展覧会』『J・G・バラード短編全集4』に収録）の初出誌でもある。一九八六年にミネソタ州へふたたび移住するまでの約二〇年間をイギリスで過ごした。二〇〇〇年に肺線維症で死去。死後も、SF作家のデイヴィッド・ラングフォードの手によって、単行本未収録短編を集めた *Maps* や、そのエッセイ・評論版といっていい *New Maps*、生前最後の小説とされる *Puff Love* が編集刊行されている。

その他の経歴や未訳作品の紹介などについては、『スラデック言語遊戯短編集』（サンリオ

SF文庫）の大森望《おおもりのぞみ》による解説や、『ロデリック』『蒸気駆動の少年』（ともに河出書房新社）の柳下毅一郎による解説を参照されたい。

また、SFマガジン二〇〇〇年八月号では同時期に亡くなったA・E・ヴァン・ヴォクトとともに追悼特集が組まれており、短編の翻訳のほか、柳下毅一郎による解説「ロボットの魂」や浅暮三文《あさぐれみつふみ》によるエッセイ「さらば、体育会系ヒューマニズム作家」、福井健太《ふくいけんた》による当時の邦訳作品解題、林哲矢《はやしてつや》によるジョン・スラデック著作目録などが収録されている。

翻訳の底本にはGateway Essentials Bookから刊行されているKindle版を使用したが、一部欠落が認められたため、適宜Gollancz社版を参照した。

作中の各種引用は、以下の訳本を参照しつつ、適宜文脈に合わせて改変した。ウィリアム・ブレイク「虎」（平井正穂《ひらいまさお》訳／岩波文庫『イギリス名詩選』）。カール・ポパー『推測と反《はん》駁《ばく》――科学的知識の発展』（藤本隆志《ふじもとたかし》、石垣壽郎《いしがきとしお》、森博《もりひろし》訳／法政大学出版局）。ウィリアム・シェイクスピア『ヴェニスの商人』（安西徹雄《あんざいてつお》訳／光文社古典新訳文庫）。先人たちの訳業に感謝したい。また、スラデックの短編「不在の友に」は、本作に組み込まれる予定だったが、最終的にはオミットされたアイデアを元にした作品で、宇宙船〈ドゥードゥルバグ号〉に関する場面では重複する部分が多く、その箇所については『蒸気駆動の少年』収録の柳下毅一郎訳を参考にさせていただいた。

最後になったが、本書の成立に関わってくださった人々に感謝を記しておきたい。
〈奇想コレクション〉で日本オリジナルの傑作短編集『蒸気駆動の少年』を編み、『ロデリック』『遊星よりの昆虫軍X』といった長編を翻訳し、日本のスラデック紹介に大きな役割を果たしてきた柳下毅一郎氏。その訳業がなければ――具体的には、三宮《さんのみや》の書店で偶然『遊星よりの昆虫軍X』を見つけることがなければ――わたしがスラデックに出会うことも、本作を翻訳することも決してなかっただろう。柳下氏にはスラデック以外でも、ジーン・ウルフやＪ・Ｇ・バラードなどの翻訳で影響を受け続けてきた。自分の今のＳＦの趣向を形作った一人と言っても過言ではない。

また、ホームページでスラデックの未訳長編を紹介し、その魅力を素晴らしい語り口で表現してくださった、故・殊能将之《しゅのうまさゆき》氏（その評は『殊能将之 読書日記 2000-2009』に収録されている）。あなたの紹介がなければ、*Tik-Tok* の原書を手に取ることは決してなかっただろう。惜しむらくは、生前にこの翻訳が間に合わなかったことだ。

そして本書を編集された竹書房の水上志郎氏。どこの馬の骨とも知れぬ人間の持ち込み企画をあたたかく迎え入れ、評価してくださった氏の力添えがなければ、本書は決して出版できていなかっただろう。編集部の方々や装丁《そうてい》を担当してくださった方にも感謝したい。

その他、翻訳上の質問（物理式など）に心安く答えてくださった知人たちや、翻訳を応援してくれた方々、そして陰に陽に支えてくれた古い友人たちにも感謝を。特に京都大学ＳＦ・幻想文学研究会の諸先輩方、畏友・空舟千帆氏と蟹味噌啜り太郎氏には、深い感謝を捧げたい。

まだまだ書き足りないことだらけだが、今後もスラデック作品の紹介がますます進まんことを願って、一旦ここで解説の筆を擱《お》きたい。これからもどうぞよろしく。

二〇二三年八月　鯨井久志《くじらいひさし》

チク・タク・チク・タク・チク・タク・チク・タク・チク・タク・チク・タク・チク・タク・チク・タク・チク・タク・チク・タク

2023年9月4日　初版第一刷発行
2024年2月25日　初版第二刷発行

著者……………………ジョン・スラデック
翻訳……………………鯨井《くじらい》久志《ひさし》
イラスト………………GAS
装幀……………………坂野《さかの》公一《こういち》（welle design）

発行所…………………株式会社竹書房
〒102-0075
東京都千代田区三番町8-1　三番町東急ビル6F
email：info@takeshobo.co.jp
https://www.takeshobo.co.jp
印刷所…………………TOPPAN株式会社

定価はカバーに表示してあります。
■落丁・乱丁があった場合は furyo@takeshobo.co.jp まで
メールにてお問い合わせください。
Printed in Japan